李商隐

庄生晓梦迷蝴蝶

张逸尘——编

台海出版社

图书在版编目（CIP）数据

李商隐：庄生晓梦迷蝴蝶 / 张逸尘编 . — 北京：
台海出版社，2022.1
　ISBN 978-7-5168-3105-2

　Ⅰ . ①李… Ⅱ . ①张… Ⅲ . ①唐诗－诗集②李商隐（
812- 约 858）－生平事迹 Ⅳ . ① I222.742 ② K825.6

中国版本图书馆 CIP 数据核字（2021）第 168564 号

李商隐：庄生晓梦迷蝴蝶

编　　者：张逸尘

出 版 人：蔡　旭　　　　　　　　封面设计：刘昌凤
责任编辑：王　萍

出版发行：台海出版社
地　　址：北京市东城区景山东街 20 号　　邮政编码：100009
电　　话：010-64041652（发行、邮购）
传　　真：010-84045799（总编室）
网　　址：www.taimeng.org.cn/thcbs/default.htm
E - mail：thcbs@126.com

经　　销：全国各地新华书店
印　　刷：三河市华晨印务有限公司
本书如有破损、缺页、装订错误，请与本社联系调换

开　　本：660 毫米 ×960 毫米　　　1/16
字　　数：165 千字　　　　　　　　印　　张：13.5
版　　次：2022 年 1 月第 1 版　　　印　　次：2022 年 1 月第 1 次印刷
书　　号：ISBN 978-7-5168-3105-2

定　　价：69.80 元

目 录

李商隐诗

003

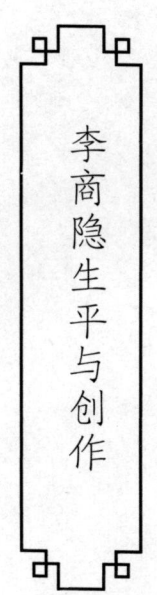

李商隐生平与创作

一生困顿：党争下的无奈与潦倒

李商隐，字义山，号玉溪生。他是晚唐颇有名气的诗人，和李白一样，一生都在追求浪漫与诗的唯美。李白有一个与他一起留名后世的好友叫杜甫，李商隐也有一位著名的杜姓诗人与他一起名垂千古。

但和李白不一样的是，他没有李白的幸运与洒脱的性格，也没有李白那"谪仙人"的名头。他虽身负才华，却在为人处世方面被当时的士人所诟病。面对这些，李商隐只有无尽的沉默，把自己埋在诗歌与骈文中，仿佛自己成了那只身披彩衣的蝴蝶，远离尘世的烦扰。

在他的努力下，唐诗的瑰丽再一次被推到了一个新的高度，他更为后世留下了"身无彩凤双飞翼，心有灵犀一点通"这样浪漫的情诗。

艰难的少年时代

尽管李商隐在诗文里提到自己是唐朝皇室后裔，但在他出生之前，他的高祖李涉仅仅是一个县令，曾祖李叔恒虽少年就中了进士，但最终也止步于安阳县令便撒手人寰。所谓能自证身份的谱牒早已散佚，祖上无高官，谁会承认你所谓的"皇室身份"呢？

到了其父李嗣这一代，依然是个普通的获嘉县县令。本以为就要这样在任上庸庸碌碌地过下去时，李嗣的好友孟简从浙东给他抛来了橄榄枝——原来这位给事中要出任浙东观察史，需要几个幕僚，便想到了他。

李商隐的童年时期便是在越州度过的，父亲李嗣对他的教育颇为严格，在他五岁的时候便开始教授他学习经书，七岁开始提笔练字，可谓是从小就给李商隐打基础，希望再给李家添一个进士。

但这一切的安逸终止于唐穆宗长庆元年（821）。这一年，李嗣病故了，李家上下顿时失去了可以依靠的大树。此时，身为长子的李商隐也不过十岁，尚是个孩童的他，根本无力支撑起一大家子在越州的生活。于是，他们决定回到家乡，起码返回原籍还有家族中的长辈可以扶持。

因父亲长年在外为官，李商隐从小以读书为业，根本不会种田，可谓是五谷不分，年龄小又提不起锄头，无法务农。只有带回来的几个家仆还能干些农活，但也根本负担不起一家人的日常开销，更不要说李商隐兄弟二人求学的开支了。

这时，族中有位堂叔伸出了援手。他虽然科举未及第，但颇为精通四书五经，在乡里的书院担任教员，平时也有一些书坊找他抄书，赚得一些工钱。李商隐小时候跟随父亲练字，小字写得颇为工整。回乡以后便跟着这位叔父继续学习，他的努力都被叔父看在了眼里。

一日课后，叔父看着认真练字、努力温书的李商隐，便把自己需要抄的书页递给他："商隐啊，我看你写的字还不错，要不要来抄书？"而后又把抄书的报酬跟李商隐一一讲清楚。

李商隐一听，眼前一亮，抄一本书的价钱能抵得上一个劳力几天的辛苦劳作，同时又能达到练字的目的，于是连连点头，表示同意。经过最初的试抄，叔父对李商隐的字和速度表示满意。从此，抄书便成了李商隐的日常。

为了不耽误学业，李商隐白天去叔父的书院上课，跟着叔父学习作诗、读经文，到了晚上就开始抄书，有活的时候经常是一抄一个通宵。李商隐有时上课的时候会止不住打瞌睡，叔父看在眼里很是心疼，经常不忍叫醒他。

叔父课后会善意地提醒李商隐，要他爱惜身体，但他坚定地摇头："我是家里的长子，幼弟和母亲都需要我，不能懈怠。"就这样，李商隐就半工半读地在老家度过了为父守丧的生活。为了一家人更好地生活，李商隐的心中已经有了一个计划——搬到洛阳去。

这个计划是李商隐反复思考得出的最佳方案：作为唐朝的陪都，洛阳足够繁华，能让李商隐接触到更多的达官贵人。自己辛苦准备科举多年，虽然知识储备很重要，但是在那个时候，才气也需要有贵人发现并提携的。退一步讲，不考虑科举应试，就算是抄书佣金也比在乡下赚得多。

就这样，在母亲的支持下，李商隐举家迁到了洛阳。

遇贵人成为李商隐仕途的起点

让李商隐没有想到的是，洛阳的机会虽然很多，但是因靠近帝都，又是李唐历代的陪都，其生活成本高得吓人，如何在洛阳立足成了他此刻急需考虑的问题。

正如顾况点拨白居易，开玩笑说在长安"白居不易"，在洛阳"白居"一样不易。李商隐少年时期从其父及族叔学习的都是古文，但晚唐时期已经不流行古文了，而是诗歌和骈文盛行。有擅作此类文者，皆会被举荐，"一朝看尽长安花"的殊荣便指日可待了。

李商隐不死心，他觉得自己的才华终究会被人发觉并赏识的。他抱着自己作的一些古文和诗歌四处拜访洛阳名流、官员，结果是别人一看古体文就丢到一边，请他出门了。如此四处碰壁了几日，积蓄已经不足支撑开销，李商隐只得重新做起了抄书的营生。为了多赚些钱，他甚至还帮人舂谷。就在李商隐几乎要绝望的时候，时任东都留守、户部尚书的令狐楚找到了他，从此李商隐开启了自己仕途人生的奋斗之路。

这位发掘李商隐的"伯乐"令狐楚也是文学家出身，写得一手好骈文，甚至连唐德宗李适都夸赞他的文章，说他文笔不凡。这样一位文豪自然也是爱才的，他怜惜李商隐的才气，便把他招揽入府，与自己的儿子令狐绹一起学习。有了恩师的资助，李商隐再也不用为生计奔波发愁了，他开始专心研究诗文写作。在骈文写作方面，令狐楚也尽力指导他。在恩师的指导下，李商隐的骈文进步很快，掌握了写作的要领。虽然老师说古文古诗不必要写，但闲暇时候，李商隐还是会作几首乐府诗。

这个时候，李商隐虽然还未参加科举，但已经算是一只脚踏入了仕途——他的恩师令狐楚大受朝廷重用，先后被任命为郓州刺史、天平军节度使。他也因此受聘入幕，成为巡官，跟着令狐楚东奔西走。

令狐楚也很重视这个有才的学生，有意栽培他。每次幕府有什么事，令狐楚都会带上李商隐，让他在各种活动中露脸。一方面是给他提供平台多加历练，另一方面则是希望通过他的才气给自己长脸。李商隐不负众望，在近体诗歌创作方面愈发炉火纯青，令狐楚每每要他作诗助兴，他都是信手拈来，毫不怯场。

在恩师和一众官员的夸赞下，李商隐有些飘飘然，他觉得凭借自己而今的才学，蟾宫折桂是轻而易举的事。李商隐第一次参加科考的时间已不可考，但随后的应考给了他一连串的打击，他从最初的自信满满变得开始怀疑自己的能力。从他的诗作中能感受到这种情绪的变化，他开始讥讽自己应考时期的主考官，把他们贬低为"燕雀"："鸾皇期一举，燕雀不相饶。"

这里要说一下晚唐时期仕途科举的复杂性。如果说初唐时期，科举还能公平取士，考生只要诗文优秀便有中进士的机会。但到了晚唐时期，考生的仕途往往与人际关系联系在了一起，"官二代"比一般无背景的考生更容易被录取。如李商隐的恩师令狐楚的儿子令狐绹早在太和四年（830）便已中了进士。

而唐朝末年，政治上腐败，皇帝不问政事，朝堂之上党争不断，最后更是演化出了"牛李党争"这样绵延数朝的党争。朝廷官吏纷纷站队或者被迫站队，令狐楚便是与"牛党"官员交好，被默认为"牛党"官员。如此一来，造成的结果就是一党官员执政时，会极力提拔与自己交好的官员及其党羽，以壮大自己的实力，科举场也不例外。如此盘根错节、难以捉摸的官场现实给了李商隐一顿"毒打"。李商隐生性不喜张扬，即使有令狐楚这层关系在，他也想凭自己的实力拼搏一把。但多年拼搏都成了竹篮打水一场空，他只好把希望寄托在自己的恩师令狐楚身上。

太和七年（833），令狐楚被调入京城任吏部尚书，而李商隐却再次名落孙山。这就意味着恩师的入京他也不能伴随其左右，出任幕僚之类的职务。心灰意冷之下，李商隐干脆入山修道。

开成二年（837），在好友令狐绹的举荐下，李商隐终于得中进士。就在他以为自己仕途即将一片光明的时候，现实又把他投入了无尽黑暗的深渊。

姻缘与仕途的两难抉择

李商隐中进士的两年前，太和九年（835），文宗与近臣李训、郑注谋划诛杀当权宦官仇士良，但事情败露，文宗被太监把控，仇士良完全掌握了朝中大权，宰相等一干重臣被杀。朝廷动荡，文宗被迫重新任命宰相，本来令狐楚在文宗的考虑范围内。但耿直的令狐楚认为，他们所列举的宰相等人的罪状过于模糊，要求说明。这惹得仇士良大为不快，改任更为听话的李石出任宰相。

宦官把持朝政让令狐楚很是不满，他多次推辞朝廷的任命，请求离开朝堂，最终在开成元年（836）被任命为山南道节度使。但在次年赴任的路上，令狐楚便溘然长逝了。这一年，李商隐刚中进士。

恩师的离去让李商隐甚为伤感，同时也忧虑自己的仕途。朝中本就黑暗，所依靠的大树已经倒塌，更何况这时候，他还没有参加吏部的铨选，未得到正式的官职。就在这时，泾原节度使王茂元邀请他出任幕僚，李商隐当时想都没想便直接奔赴泾州了。本来出任谁的幕僚是不会影响到一个官员的仕途的，坏就坏在李商隐的才情出众，被王茂元看中，将女儿嫁给了他。

这段婚姻非但没给他带来任何好处，反而将他置入两难的境地，以至于影响了他次年的铨选。前已有言，令狐楚与"牛党"的官员交好，自然被看作是牛党官员。但李商隐的这个岳父王茂元却和李德裕关系密切，自然是"李党"。那个时候结党不可耻，可耻的是像李商隐这样的"叛党"行为。于是"忘恩负义"的李商隐在铨选过后的复选中被除名了。

直到开成四年（839），李商隐才通过铨选，被授予秘书省校书郎一职。但因朝中无人，很快被调离，出任弘农县尉。李商隐似乎不在意这些，便安心赴任，去了弘农才发现为官的困难，第二年，他便因政见与上司不合辞官归家了。

也许是真的触底开始反弹了，上天再次给了李商隐进入权力中枢的机会：武宗会昌二年（842），李商隐因为书法和文理优秀，得以再次进入秘书省担任正字。就在他跃跃欲试的时候，母亲病逝了。按照当时的要求，李商隐必须辞官回乡丁忧。在家守孝的这段时间，李商隐作了许多归隐田园的诗文，虽然看上去是不在意政治和自己的仕途，但他也听闻了宰相李德裕在朝中得宠的信息，作为"李党"一员，他本人也踌躇满志，期待着复出后的一帆风顺。

然而当他于会昌五年（845）重回秘书省的时候，才发现武宗病危，宰相李德裕无法跟皇帝交流。第二年，宣宗继位，新皇对武宗的一系列政策均持反对态度，并把前朝旧臣连同这些政策一起扫进了垃圾桶，而新上任的宰相是"牛党"官员白敏中。从此，李商隐向上升迁的道路又被堵住了，看不到任何希望，此刻他已经过了而立之年。

大中元年（847），同样是"李党"官员的郑亚被流放至桂州任观察使。临别之际，他问李商隐可否愿意同去，担任幕僚。李商隐欣然往之。虽不习惯桂州的气候和环境，但他也难得地获得了片刻安宁。在这里的一年左右，他把自己以前的诗文作品集结起来，编成一部《樊南甲集》。就在他准备在这偏远的地方终老的时候，郑亚再次被贬为刺史。不能同难，李商隐只能回到长安。

再入长安，李商隐与当初刚中进士时一展宏图的心态完全不一样了。短暂与家人团聚后，李商隐便继续谋求出路。当年与他同年读书的令狐绹已经官至右司郎中了，在朝中颇有威望。

李商隐写信给他，希望他能念及昔日同窗情谊帮自己谋求一个官职。提笔写完信，他不禁感慨，上次给这位好友写信寄诗还是四年前。但官场无情，只认立场。令狐绹回了信，只忆过去，只字不提推荐李商隐的事情。

到最后，李商隐只谋得了一个盩厔县尉的官职。他不由苦笑，兜兜转转了这么多年，自己从一个踌躇满志的年轻人变成了如今这般颓废沮丧的中年人，官职还是没有改变，"原地踏步"。大概以后的日子，他也只能"青袍似草年年定，白发如丝日日新"了。

就在这时，他收到了一封来自武宁军节度使卢弘正的信，邀请他前去担任幕僚。与之前不同的是，可以给他一个节度判官的官职。是实职实权，比他一个从九品下阶县尉的官职要高出许多，从六品下阶。这个信息就像火苗一样，重新点亮了李商隐的希望之光。

他离开长安这个伤心地，兴冲冲地去往徐州任职了。节度使卢弘正本就爱惜李商隐的才能，他本身也很有能力，上下齐心，将这一区治理得井井有条。李商隐也借此机会游历了徐州的大好河山，遍览遗迹，他的许多怀古诗便是在这一时期创作的。

但命运仿佛看不得他顺风顺水，就在第二年，卢弘正升任检校兵部尚书、宣武军节度使的时候，这位辛勤操劳的节度使却病故于徐州。李商隐的一腔热情再次打了水漂，送完卢弘正最后一程，从幕府卸任后，李商隐再次回到了长安。

俗语有云：福无双至，祸不单行。就在他宽慰自己，回家至少还有妻儿的笑颜能让自己好受一点时，他的妻子王氏却病故了。两年间，李商隐一连送走了两位身边人，同时也送走了自己的远大前程和美好的爱情。

此后，李商隐作了许多悼亡诗，可以看出王氏的去世对他来说是个很大的打击。看到什么都要想起亡妻，看到鹅也不禁想起自己孤影难成双，发出了"那解将心怜成翠，羁雌长共故雄分"的感慨。也许他通过这些悼亡诗哀悼的不仅是逝去的妻子，还有自己随之迷茫的前途和事业吧。

大中五年（851）秋，就在他仍沉浸在亡妻的阴影中时，西川节度使柳仲郢向他抛出了橄榄枝，给了他一个参军的职位。此时的李商隐心已经不在奋斗事业上了，也不再向往能进入权力的中枢系统，有一番作为了。但在长安的家里，处处都是亡妻的影子，徒惹人伤心，因此他还是答应了这位节度使的请求，于冬天出发去往西川。

在远离帝都的西川，李商隐获得了片刻的安宁，他在这里任职的时间要久于之前任何一段时期。因为失去了对仕途的追求，也为了寻求心灵的解脱，他在闲暇之余游历了这里的大小佛寺，跟当地的住持探讨佛经义理，甚至拿出自己微薄的俸禄捐助刊刻佛经。

四年后，柳仲郢调入京城任职兵部侍郎、盐铁转运使。四年的相处下来，柳仲郢很怜惜李商隐的才华，也怕他在自己离开后重新过回穷困潦倒的生活，于是给他安排了一个盐铁推官的闲职，但俸禄优厚。在这个官任上待了三年左右，李商隐便罢官回家闲居了。闲居的生活对李商隐来说并非充满闲情逸致，而是充满了苦楚。

纵览其一生，李商隐处于晚唐时期党争的旋涡中，政治上的不得志压得他喘不过气。即使他文采出众，即使他抱负远大，在人生的最后时刻，他也只能留下"如何匡国分，不与夙心期"的感慨后，便撒手人寰了。

创作之路：扛起晚唐诗坛的巨擘

在唐朝这个诗词帝国中，李商隐可以算是一个高产的诗人了，他一生创作诗歌无数，留传下来的有六百余首。最出名的要数那一系列以"无题"为名的情诗，其中很多诗句成了流传千古的名句。如"身无彩凤双飞翼，心有灵犀一点通""春蚕到死丝方尽，蜡炬成灰泪始干"等。

五代及宋以后的诗坛发展出一种名曰"西昆体"的文体，李商隐是其源头，这种文体受其华丽风格的影响很深。但后人只知道模仿李商隐诗文那华丽的"外表"，却不懂华丽背后深深的忧伤与他郁郁不得志的苦闷之情。

受家庭环境及当时社会环境的影响，李商隐从小学习作诗，父亲和族叔的授业给他打下了良好的基础。成年以后作起诗来可谓是信手拈来，这些诗作本是要用来当作李商隐仕途的"敲门砖"的，但后来却变成了他排遣愁苦和郁闷的窗口。

有心栽花花不成，无心插柳柳成荫。政坛上的失意给了李商隐无尽的痛苦，这些痛苦却演变为了一首首绝美的诗句，里面流淌着他裁剪过的细腻心思，凝练着他真实的体验。这些也给后世的读者以新奇体验，即使不明白其中真实的含义，这种美也打动了他们。对此，清初诗人吴乔有一精辟的总结，概括了李商隐在诗歌上的成就："于李、杜后，能别开生路，自成一家者，唯李义山一人。"

也许是因为李商隐在唐诗方面的成就过高，他在骈文方面的闪光点似乎被遮盖了。著名历史学家范文澜对李商隐在这一方面的成就给予很高的评价：只要李商隐的《樊南文集》有存留，哪怕整个唐朝的骈体文全部遗失也不可惜。

作为晚唐时期的实用文书文体，骈文也是李商隐刻苦学习的一部分。他师从当时著名的骈文大家令狐楚，令狐楚爱惜李商隐的才华，因此在骈文写作方面，对他倾囊相授。李商隐也颇为认真，把老师教授的重点牢牢记在心中，最终成为文采出众的骈文作家。虽然因其官职低微，朝堂大事不容置喙，但他却为很多官员代写奏折，甚至有些官员往来之间的书信也找他代笔。长期的骈文写作给李商隐在诗文写作方面打下了其骈文风格的烙印：辞藻华丽和精准的用典。

一如他两种风格的糅合，李商隐的诗歌和骈文在文学史上交相辉映，熠熠生辉，成为后世对唐朝盛世文坛最后的深刻印象。

品味李诗：诗家总爱西昆好，独恨无人作郑笺

李商隐的经历是复杂的，所以他的诗文风格也是复杂多变的。只因那句"春心莫共花争发，一寸相思一寸灰"，他那些多情缠绵的无题诗便被后世多情男女疯狂传唱。其实他创作的诗歌中并非只有这些缠绵悱恻的情诗，还有一些颇具个人特色的讽刺诗。这些诗歌多披着"咏史"或者"咏物"的外衣，不轻易以真面目示人。这些讽刺诗与爱情诗一起组成了唐朝诗歌的第二座不朽丰碑，打上了李商隐特有的印记。

朦胧美是李商隐诗文的最大特点。他把自己的真情实感隐藏在绕口的诗句里，宛如一位"犹抱琵琶半遮面"的少女，说出的话未满，真情实感总要人去从他创作的一言一语中猜想，所以才有了元好问那句"诗家总爱西昆好，独恨无人作郑笺"。只遗憾没有人给这些优美的句子作上注脚，让人去好好品味这些华美句子背后的故事。一句"风波不信菱枝弱，月露谁教桂叶香"含蓄地表达了一种对思念之人的赞美之情，但这种赞美还未完结，转念又说"直道相思了无益，未妨惆怅是清狂"，来表达自己对所思之人的思念已经到了痴狂的地步。

又如《夜雨寄北》中，他这样表达对妻子的思念："何当共剪西窗烛，却话巴山夜雨时。"虽没有明言思念，却把自己的这份思念比作巴山夜雨，

细细绵绵没有停止的时候。

这份含蓄、朦胧的情义若不是与他心意相通之人，怕是成了永远也解不出的一道谜题。李商隐把自己的真情实感埋在深处，等待别人发掘。也正是因为这份朦胧美的不明确，可以让任何人借着李商隐诗词传达自己想要表达的感情。如那句"春蚕到死丝方尽，蜡炬成灰泪始干"，本用来形容诗人的思念之情，后世却用其表面意象来形容鞠躬尽瘁、死而后已之人。

要说集合意境美和朦胧美之极致的一首诗，应首推《锦瑟》。这首诗本质上描写何物就是一个谜团，诗人从庄周梦蝶写到良玉生烟，融合了许多意象，但都指向不明。有些人以锦瑟这个物件来解，说其是一首追悼亡妻的诗文；有些人又从杜鹃啼血等典故推测，说诗人意在表达自己抑郁不得志的心情。最后一句"此情可待成追忆，只是当时已惘然"更是给这首诗蒙上了一层厚厚的面纱，此"情"到底是哪种情，恐怕只有诗人自己知晓了。

又如在一首无题诗中，他先是描写室外的镜像："金蟾啮锁烧香入，玉虎牵丝汲井回。"那金蟾香炉中升腾起袅袅香烟，而玉虎样式的辘轳牵引着木桶来打水。似乎是一位少女在暗中窥探喜欢的情人，果然下一句便有了"贾氏窥帘韩掾少，宓妃留枕魏王才"。但这份感情没有结果，以"一寸相思一寸灰"草草收场。即便宓妃再仰慕曹植的才华，两人还是没有结果的，就像那燃尽的香，只有香灰留在其身边。

从以上意境中，大约也能看出李商隐诗文的另一种风格：用典。前已有言，李商隐骈文方面成就极高，而骈文的最大特色便是用典，且要准确。于是，用典便成了李商隐作诗行文的一种特色，不管是怀古诗还是咏物诗，他都要用上一两个典故，更不要说后续那些辛辣的讽刺诗文了。

也许是受当时糟糕的政治环境影响，又想到自己坎坷的仕途经历，李商隐的怀古诗并不像前人那样矫揉造作，意向不明，一味嘲讽历史或哀叹过往。他把历史与现实很好地结合在一起，作出了一首首借古讽今的咏史诗，这部分在他的讽刺诗作里占了相当大的比例。

　　如他在《富平少侯》里这样写道："七国三边未到忧，十三身袭富平侯。不收金弹抛林外，却惜银床在井头。彩树转灯珠错落，绣檀回枕玉雕锼。当关不报侵晨客，新得佳人字莫愁。"诗文大意是在写一个少年承袭侯爵的小侯爷，不顾忌边关威胁，反而醉卧红纱帐内。边关有战报也不敢递交到他的手中，原因是他昨夜刚宠幸了一位美人，早晨起不来。这位"富平少侯"在历史上是能查到其人的，但诗中关于他的种种却是杜撰，有所映射了。毕竟汉朝的侯爵如果无实际官职是无实权的，遑论十三岁就要处理所谓政事。结合当时的时政，唐敬宗少年天子，喜好的就是游猎，尤其爱好那些镂空雕刻的精美器物，且还有不上早朝的习惯。映射者是谁，一览无遗了。

　　甘露之变后，他更是大胆写出了《重有感》这样的诗文，用来讥讽以仇士良为首的把持朝政的宦官，揭露朝堂党争的弊端。一句"岂有蛟龙愁失水，更无鹰隼与高秋"颇为反讽，一面感慨皇帝怎么会"龙游浅滩"，一面道出朝堂上没有能臣辅佐的现实。最后一句"昼号夜哭兼幽显，早晚星关雪涕收"道出甘露之变后朝野上下的惨状以及宦官专权给百姓带来的苦难。

　　还有运用典故诉说自己想辅佐君王而不得的心情的诗作。如他在《四皓庙》中有言："羽翼殊勋弃若遗，皇天有运我无时。庙前便接山门路，不长青松长紫芝。"本以为自己可以像隐居多年、逃避时运的商山四皓一样最终被君王发掘，得以辅佐太子，却发现那"庙门"连接的是只长灵芝的山路。但这背后还有一层引申的含义，商山四皓在被请下山后也只是做了那"装点门面"的后台，实际上并没有得到重用。这大概也是李商隐藏在诗中的另一层对自己虽然得中进士却没有受到重用的无声控诉吧。

多重意义的朦胧诗境

　　李商隐的诗文华丽典雅，遣词造句乃至用典都有自己独特的风格。凭借这一风格，他也在唐诗这座巨大的田园里建造了一个独属自己的"桃源"。让许多来观赏过的人为之驻足，赞叹不已。

　　但又有许多人说，读李商隐的诗就像猜谜，十分费解。集合各家注疏来看，也得不到统一的解释，许多诗干脆就没有注解。也因为这份难懂，后世各个名家注释的时候就仿佛是对李商隐真实情感的一种"妄自揣度"。他摘藻雕章，把自己的真实情感埋藏在了这片华美的文海里，任凭后人去挖掘。无论挖出了什么，都是李商隐留给读者的瑰宝，无所谓对错。

　　或许，我们还要感谢李商隐创造出来的这种朦胧感，让每个欣赏者都能在其中寄托属于自己的情感，当一回"晓梦迷蝴蝶"的庄周，感叹一回自己"已惘然"的那份值得追忆的感情。

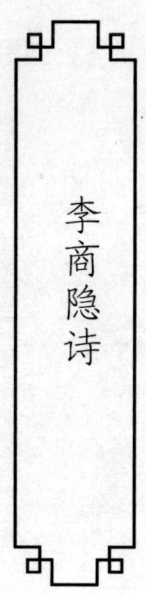

李商隐诗

灞岸

山东^[1]今岁点行频，几处冤魂哭虏尘。

灞水桥边倚华表^[2]，平时二月有东巡。

◇注释

[1] 山东：函谷关以东。

[2] 华表：本指路边的标识，此处指桥边的石柱。

◇译文

函谷关以东近两年频繁征兵，看那荒野上又有多少冤魂在哭泣哀号。我在灞水桥边倚靠着石柱，不禁想起在平时二月的时候，皇帝会东巡洛阳。

碧城三首

其一

碧城[1]十二曲阑干，犀辟[2]尘埃玉辟寒。

阆苑[3]有书多附鹤，女床无树不栖鸾。

星沉海底当窗见，雨过河源隔座看。

若是晓珠明又定，一生长对水晶盘。

◇注释

[1] 碧城：传说为道家始祖元始天尊的居所，此处引申为隐居的地方。

[2] 辟：排除。

[3] 阆苑：此处代指道观。

◇译文

你住在那碧城中，楼层有着弯弯曲曲的栏杆，你佩戴的犀角簪子一尘不染，而那佩玉又能为你阻挡寒冷。这道观多用仙鹤传递书信，那山上没有一棵树不栖息着鸾鸟。当星星落下，黎明重新在窗边出现时，我们只能隔着银河相互张望了。你若是像珍珠一样不会被晒干的露水，那我这一辈子对着水晶盘也不会厌弃。

其二

对影闻声已可怜，玉池荷叶正田田。

不逢萧史休回首，莫见洪崖[1]又拍肩。

紫凤放娇含楚佩，赤鳞狂舞拨湘弦。

鄂君怅望舟中夜，绣被焚香独自眠。

◇注释

[1] 洪崖：传说中的仙人，此处化用郭璞《游仙诗》："左把浮丘袖，右拍洪崖肩"句，比喻为道侣。

◇译文

还没见到你的模样，只听到你的声音就已经觉得很可爱了，见了你又觉得像那池水里正开放的荷花，亭亭玉立。你不遇到那萧史就绝不回首，不会看到洪崖又恋上别人。你就像那热烈奔放的凤凰一样在天空自由翱翔，而我像那赤龙一样撩拨你的琴弦。如今，我如鄂君一般怅然度过漫漫长夜，盖着绣被，点燃香火独自睡去。

其三

七夕来时先有期，洞房^[1]帘箔至今垂。

玉轮顾兔初生魄^[2]，铁网珊瑚未有枝。

检与神方教驻景，收将凤纸^[3]写相思。

武皇内传分明在，莫道人间总不知。

◇注释

[1] 洞房：此处代指仙女的居所。

[2] 初生魄：典出《尚书·康诰》："始生魄，月十六日明消而魄生。"此处隐喻仙女有孕。

[3] 凤纸：道家写青词所用的纸张。

◇译文

我们每次约会都先定好日期，就像七夕节牛郎织女相会一样，而今你的居所门口珠帘垂下来，遮挡住了里面的景象。一轮圆月上升，中间似乎有小兔子的魂魄初次生出，拉起铁网想收获珊瑚，却没有收到一枝珊瑚。挑选了一个神仙的方子，想让你容颜常驻，结果事与愿违，只能暂停依靠书信表达对你的思念之情。但只要有《汉武内传》在这世间传递，就不要说这人间总是不知道这些仙家秘辛。

白云夫旧居

平生误识^[1]白云夫，再到仙檐^[2]忆酒垆。

墙柳万株人绝迹，夕阳惟照欲栖乌。

◇注释

[1] 误识：此处有可惜认识之晚的意思。

[2] 仙檐：故居。

◇译文

　　我这辈子就是认识白云夫太晚了啊，再次来到他的旧居，总回忆起当年我们对酒当歌的日子。而今这屋子墙外长满了野草，已经没有人来过的痕迹了，夕阳西下，那晚霞照着一只找不到栖息树枝的乌鸦。

板桥晓别

回望高城落晓河[1]，长亭窗户压微波。

水仙欲上鲤鱼[2]去，一夜芙蓉红泪多。

◇注释

[1] 晓河：这里指银河。

[2] 水仙欲上鲤鱼：典出《列仙传》，传说战国时期有个人名为琴高，他曾经习得仙术，驾驭鲤鱼来去自如，后又回到水中去了，故有水仙之称。

◇译文

回头远望那高高的城楼，此时银河已经落下，长亭的窗外，水波微微荡漾。也许是因为要告别美人远去，就好像那乘坐大鲤鱼的仙人一样不知归期，那面如芙蓉的美人一夜也不知道落下多少带血的泪珠。

别智玄法师

云鬟[1]无端怨别离，十年移易住山期。

东西南北皆垂泪，却是杨朱真本师[2]。

◇注释

[1] 云鬟：如云一般的头发，此处代指智玄法师。

[2] 本师：此处指寺庙中负责剃度受戒的师父。

◇译文

我从盛年开始便会无端地面对痛苦的别离，这十年来一直想归居山寺，但经常改变归山之期。辗转东西南北，每次别离的时候，我们都会流着泪告别，玄师就像杨朱一样为了求道锲而不舍，可以说是我真正的精神导师了。

北禽

为恋巴江好，无辞瘴[1]雾蒸。

纵能朝杜宇，可得值苍鹰。

石小虚填海，芦铦未破矰。

知来有乾鹊[2]，何不向雕陵。

◇注释

[1]瘴：瘴气，通常认为南方山林间有这种雾气，能致病。

[2]乾鹊：一种鹊类，传说它们筑巢只用树梢上的树枝而坚决不捡地上掉落的树枝。此处用来比喻努力奋斗的人。

◇译文

　　巴江是一个令人迷恋的地方，并不会受到那所谓的瘴气和雾气的影响。纵然有一天能去朝拜杜宇，我又怎么愿意遇到凶恶的苍鹰。精卫还在投掷小石头只为填平大海，大雁即使含着芦苇也逃不过箭镞的伤害。我知道有一种拼命向上的乾鹊，它们为何不脱身飞到那北面的雕陵去呢。

北青萝

残阳西入崦[1]，茅屋访孤僧。

落叶人何在，寒云路几层。

独敲初夜[2]磬，闲倚一枝藤。

世界微尘里，吾宁[3]爱与憎！

◇注释

　　[1]崦：崦嵫，传说中是太阳落下的地方。

　　[2]初夜：古代一夜分为五更，初更又名初夜，这里指天刚黑的时候。

　　[3]宁：难道。

◇译文

　　一抹夕阳坠入那崦嵫之地，我去那茅屋里拜访孤独修行的高僧。路途中只有一地落叶，那高僧又在哪里？山间围绕着层层云雾，寒冷彻骨，不知这路又要行走多久。等到黄昏降临，我听到了有人独自击磬的声音，只见那高僧正悠闲地倚靠着一枝藤蔓。这大千世界都包含在那微小的尘埃里，我难道非要有爱和恨这两种情绪吗？

池边

玉管葭灰细细吹，流莺上下燕参差[1]。

日西千绕[2]池边树，忆把枯条撼雪时。

◇注释

[1] 参差：不整齐。

[2] 绕：围绕。

◇译文

细细地吹着玉笛，黄莺和燕子上下翻飞。它们每日绕着池塘边的树木飞来飞去，让我不禁回忆起过去你拿着枯木去撩动积雪落下的时候。

崔处士

真人塞[1]其内，夫子入于机[2]。

未肯投竿起，惟欢负米归。

雪中东郭履，堂上老莱衣。

读遍先贤传，如君事者稀。

◇注释

　　[1] 塞：充满，满足。

　　[2] 机：机遇，这里指造化。

◇译文

　　真人能保持其内在纯真的本性，夫子入世于一个造化巧合的时机。虽然你不愿意把鱼竿放下起身辞隐出仕，但是要给母亲背米回去的时候就很开心。尽管你因为隐居穷困潦倒，但还是愿意为了侍奉双亲献上自己的所有。我遍览先贤的列传，像你这样把隐居和孝敬都做到的人已经很稀少了。

酬别令狐补阙

惜别夏仍半，回途秋已期。

那^[1]修直谏草，更赋赠行诗。

锦段知无报，青萍^[2]肯见疑。

人生有通塞，公等系安危。

警露鹤辞侣，吸风蝉抱枝。

弹冠^[3]如不问，又到扫门时。

◇注释

[1] 那：奈何。

[2] 青萍：亦作"青蓱"。古宝剑名。传说为通天教主所持宝剑。

[3] 弹冠：弹去帽子上的灰尘，引申为出仕。

◇译文

与你告别时夏天刚过了一半，等我回来的时候秋天已经到了。奈何正忙着修改那谏言的草稿，更不要说还想写一首赠别的诗歌。我也知道自己无以为报，但你看了肯定要有所怀疑。人生路上有通途有阻塞，国家安危全靠你们。那仙鹤因为露水的警告离开了伴侣，秋蝉因为秋风的到来还紧紧抱着树枝。若你因为要出仕而对我不闻不问，那么我只好再次打扫大门恭候你的大驾。

筹笔驿

猿鸟犹疑畏简书，风云常为护储胥[1]。

徒令上将挥神笔，终见降王[2]走传车。

管乐有才原不忝[3]，关张无命欲何如？

他年锦里经祠庙，梁父吟成恨有余。

◇注释

[1] 储胥：栅栏，藩篱。

[2] 降王：这里指蜀汉后主刘禅。

[3] 忝（tiǎn）：羞愧。

◇译文

　　猿猴和飞鸟犹豫迟疑似乎是害怕蜀汉丞相诸葛亮的威严，天边的风和云彩也经常为他守护驻军旁边的栅栏。可叹诸葛亮白白在这里筹谋，看那后主刘禅终究还是乘坐着邮递驿站的车前去投降了。诸葛亮真的是有乐毅和管仲的才能啊，只可惜关羽和张飞死后他再没有可以调遣的大将，如何能支撑蜀汉江山？后来我到锦里路过武侯祠，特意吟诵了《梁父吟》来悼念他逝去的大志。

初食笋呈座中

嫩箨[1] 香苞初出林，於陵[2] 论价重如金。

皇都陆海应无数，忍剪凌云一寸心。

◇注释

[1] 嫩箨（tuò）：此处代指鲜嫩竹笋的外皮。

[2] 於（wū）陵：唐代时属于长山县。

◇译文

那鲜嫩的竹笋带着稚嫩的外壳和好闻的香气第一次出了山林，被带到於陵售卖，价钱比黄金还贵。长安附近应有无数竹林，怎么忍心剪断这有凌云志气的新笋那拳拳寸心啊。

重有感

玉帐牙旗得上游^[1]，安危须共主君忧。

窦融^[2]表已来关右，陶侃军宜次石头。

岂有蛟龙^[3]愁失水，更无鹰隼^[4]与高秋。

昼号夜哭兼幽显，早晚星关雪涕收。

◇注释

[1] 上游：指有利于己方的地理位置。

[2] 窦融：东汉初年军阀，曾经率军队归顺刘秀，留下了"窦融归汉"的典故。此处代指上疏声讨宦官的刘从谏。

[3] 蛟龙：此处代指天子。

[4] 鹰隼：代指能臣猛将。

◇译文

将军的营帐扎在了有利的高位置，他必须在这个国家危难时替君王分忧。

尽管已经上表声讨了叛逆，但还应像陶侃那样在石头城驻军。这世间哪有蛟龙害怕脱离水池的道理，更没有鹰隼之类凶猛的鸟儿在秋高气爽的天际翱翔。只听到那长安城里日夜都有悲哭的声音，什么时候才能把被宦官占据的宫禁收回，消除这不绝入耳的悲戚声呢。

重过圣女祠

白石岩扉碧藓滋，上清沦谪得归迟。

一春梦雨[1]常飘瓦，尽日灵风不满旗。

萼绿华来无定所，杜兰香去未移时。

玉郎[2]会此通仙籍，忆向天阶问紫芝[3]。

◇注释

[1] 梦雨：指春季迷蒙的细雨。

[2] 玉郎：道家所说的负责管理神仙名册的神职。

[3] 紫芝：一种灵芝，被道家认为是神仙所服用的。

◇译文

　　圣女祠堂外的白色石阶上长满了青苔，那圣女从上清仙界被贬谪后迟迟不得返回。春日里的蒙蒙细雨经常飘洒在大殿的瓦上，而那从仙界来的风仿佛是吹不动大殿的旗子一般微弱。萼绿华从来都是没有固定居所的，等到那杜兰香的童子来迎接时便说走就走。那玉郎与圣女相会后便向上天通报赋予她仙籍，回忆起这些，圣女不禁伤感，彼时她还是在天界摘采灵芝的仙人呢。

残花

残花啼露莫留春，尖发[1]谁非怨别人。

若但掩关劳独梦，宝钗[2]何日不生尘。

◇注释

[1] 尖发：纤细的头发。尖，细小。这里指稀疏的头发。

[2] 宝钗：两个簪子合成的一种首饰，根据装饰物可以分为不同种类的钗。

◇译文

这一地的落花带着残存的露水，悲鸣着也留不住这个春日，头发逐渐稀疏的我不能抱怨别人啊。如果就这么关上小院的门独自幻想，那么就算是闪亮的宝钗也会落满灰尘。

陈后宫

茂苑[1]城如画，阊门[2]瓦欲流。

还依水光殿，更起月华楼。

侵[3]夜鸾开镜，迎冬雉献裘。

从臣皆半醉，天子正无愁[4]。

◇注释

[1] 茂苑：指南京城里的宫殿。

[2] 阊门：传说中天上的宫门，这里指的是宫门。

[3] 侵：逐渐。

[4] 无愁：指北齐后主所作的《无愁曲》。此处一语双关，又指代君王无忧无

虑的状态。

◇译文

那华美的宫苑美得好像一幅画，而那宫门上的琉璃瓦片又像流动的水一

样。刚在水光殿这里欣赏过美景，便要在那边再建一座月华楼。夜刚刚逐渐变浓，那些后宫的妃嫔便打开了镜子试妆，刚刚入冬便有臣子献上锦裘。随侍的臣子都已经喝得半醉了，而这位陈后主也是如此，不见有什么烦忧。

城外

露寒风定不无情，临水当山又隔城。

未必明时胜蚌蛤，一生长共月亏盈[1]。

◇注释

[1]一生长共月亏盈：古时有言，蚌蛤的生长与月亮的盈亏是一体的。

◇译文

霜露甚寒，风儿也飘忽不定，似乎是那月儿对我有情，但它经常倒映在水里，照着山和城，唯独不照在我身上。我还不如那蚌蛤，至少它们能随月儿的圆缺而盈亏。

春日寄怀

世间荣落^[1]重逡巡，我独丘园坐四春。

纵使有花兼有月，可堪无酒又无人。

青袍似草年年定，白发如丝日日新。

欲逐风波千万里，未知何路到龙津^[2]。

◇注释

[1] 荣落：荣华和衰落。

[2] 龙津：即龙门。

◇译文

　　这世间的荣华与衰落都是循环往复的，我独自坐在这园子里有四年了。就算这园子里有花也有月儿，但我这边没有酒，也没有可以对酌的人。我穿着这八品官员的青袍年年都一样，而头上的白发却每天都有新的增加。想要去追逐那千里之外的大志向，却不知道有哪条路可以跳过龙门啊。

春雨

怅卧新春白袷衣[1]，白门[2]寥落意多违。

红楼[3]隔雨相望冷，珠箔飘灯独自归。

远路应悲春晼晚，残宵犹得梦依稀[4]。

玉珰缄札何由达，万里云罗一雁飞。

◇注释

[1] 白袷（jiá）衣：白色的夹衣。袷，夹衣。

[2] 白门：本是南京宣阳门的别称，此处代指南京。

[3] 红楼：华丽的阁楼，此处指代女子的闺房。

[4] 依稀：不清晰的样子，这里形容梦境迷离的模样。

◇译文

初春时节，我裹着白色夹衣略带惆怅地躺在床上，南京城内空旷的景象让我很是伤感。隔着冰冷的雨帘望向我心爱的人住过的红楼，我感到万分凄凉。我独自回到居所，任由那冰冷的雨在风中飞舞。我仍在遥远的路上狂奔，悲伤的是春日早已迟暮，而我也只能在这个傍晚与她相遇，梦里她的面容却模糊不可辨。我对她倾慕的心思需要怎么才能传达呢？抬头看，那万里高空上飞翔的一队大雁就是我最好的使者。

蝉

本以高难饱，徒劳恨费声。

五更疏欲断，一树碧无情。

薄宦[1]梗犹泛，故园芜已平[2]。

烦君最相警，我亦举家清。

◇注释

[1] 薄宦：卑微的官职。

[2] 芜已平：荒草已经长到小腿部分了。

◇译文

　　蝉因为栖身在高处所以难吃饱，它不停地鸣叫却无人理睬，多么废嗓子啊。那蝉鸣叫到五更时，声音稀稀疏疏就快要停下了一样，而它栖身的树依旧郁郁葱葱，像是没有注意到蝉的哀鸣，多无情啊。我本就是一个卑微的小官，就像那无根的浮萍一样四处漂泊，我那旧园子里的荒草都要长到我的小腿了。多亏蝉的提醒啊，我是跟你一样家境贫寒啊。

东阿王

国事分明属灌均，西陵魂断夜来人[1]。

君王不得为天子，半为当时赋洛神。

◇注释

[1] 夜来人：此处暗喻思君之情。

◇译文

国家大事分明是被灌均操控着，曹植因此备受打击，以致最后被废黜，就连魏武帝曹操泉下有知，也是十分伤感的。想来曹植不能做天子，多半是因为当时作了《洛神赋》。

洞庭鱼

洞庭鱼可拾，不假更垂罾[1]。

闹若雨前蚁，多于秋后蝇。

岂思鳞作簟，仍计腹为灯[2]。

浩荡天池路，翱翔欲化鹏。

◇注释

[1] 罾（zēng）：一种用竹竿做支架的方形渔网。

[2] 腹为灯：这里指鱼脂可以用来点灯。

◇译文

　　洞庭湖的鱼可以随便捡拾，不用借助那支撑起来的渔网。这些鱼闹哄哄如同那下雨前聚集的蚂蚁，又比那秋末的苍蝇还要多。难道它们就没有警醒过自己的下场吗，鱼鳞被用来织簟席，腹脂刮剥为灯油。它们浩浩荡荡地跳入天池里去，妄想化为天际翱翔的大鹏。

杜工部蜀中离席

人生何处不离群？世路干戈惜暂分。

雪岭 [1] 未归天外使，松州犹驻殿前军。

座中醉客延 [2] 醒客，江上晴云杂雨云。

美酒成都堪送老，当垆仍是卓文君。

◇注释

　[1] 雪岭：此处指唐朝时期四川地区与吐蕃交界的雪山，即今日的贡嘎雪山。

　[2] 延：请。

◇译文

　　这世间能有几人不经历离合？在这个战乱的时期，就算是短暂的离别也让人不禁唏嘘。派往雪岭的使臣还未回归，松州地区还驻扎着朝廷的大军。宴席中，那喝醉了的客人来邀请我这清醒的人，长江上明亮的云彩中间夹杂着会下雨的云朵。成都这里的美酒可以让人养老，仿佛那当街卖酒的人还是卓文君这样的绝色女子一般。

端居

远书归梦两悠悠，只有空床敌素秋[1]。

阶下青苔与红树，雨中寥落月中愁。

◇注释

　　[1] 敌素秋：与秋日抗衡。敌，对抗。

◇译文

　　已经很久没收到她从远方寄来的家书，我只能在梦里过一过回乡的瘾，醒来却只有空着的床与深秋相抗衡。那台阶下已长满了青苔，秋天的枫叶已然变红，我独自站在雨中，满腔寂寥的心境，仿佛是看不到月亮那般惆怅。

蝶

叶叶[1]复翻翻，斜桥对侧门。

芦花惟有白，柳絮可能温[2]！

西子寻遗殿，昭君觅故村。

年年芳物尽，来别败兰荪[3]。

◇注释

[1] 叶叶：形容蝴蝶翅膀扇动的样子。

[2] 温：温暖。

[3] 荪：一种散发香气的草。

◇译文

那蝴蝶上下翻飞，从侧门飞出去到了斜桥那边。但还是只有与芦花为伍，只有柳絮才能给它以温暖。穿过这里去寻找西施曾经待过的旧宫殿，去寻觅王昭君曾经待过的村子。每年这些芬芳的花朵开尽后，蝴蝶都会来告别这些凋谢的花朵。

蝶三首

其一

初来小苑中，稍与琐闱 [1] 通。

远恐芳尘断，轻忧艳雪 [2] 融。

只知防皓露，不觉逆尖风。

回首双飞燕，乘时入绮栊 [3]。

◇注释

[1] 琐闱：装饰花纹雕刻的侧门。

[2] 艳雪：代指花粉。

[3] 绮栊（lóng）：绮窗。

◇译文

蝴蝶刚来到这小花园中的时候，能稍微通过侧门与那后院联通。但日渐疏远，怕与尘世断了联系，又担忧那花粉没有自己的份了。以前只知道提防

早晨凝重的露水，却不知道那逆向的风也像尖刀一样锋利。回头看看那一对
并排飞行的燕子，趁着蝴蝶被困住的机会飞入了绮窗。

其二

长眉画了绣帘开，碧玉[1] 行收白玉台。

为问翠钗钗上凤[2]，不知香颈为谁回。

◇注释

[1] 碧玉：据说是南朝刘宋时期汝南王的一位小妾。

[2] 钗上凤：传说石崇宠爱其婵女，便为其做金制的凤冠钗。

◇译文

那位美丽的女子画完眉把闺房的帘幕打开，对着梳妆台仔细打扮了一番。
想问问这位美丽的女子，你头上的凤钗如此好看，不知是要为谁而回头呢？

其三

寿阳公主嫁时妆[1]，八字宫眉捧额黄[2]。

见我佯羞频照影，不知身属冶游郎。

[1] 嫁时妆：即梅花妆。据说当年寿阳公主躺在含章殿屋檐下，有梅花落在她额头上，自此不落，便称为梅花妆。

[2] 八字宫眉：据说汉武帝时期宫人间流行画八字眉，即有此言。额黄：用黄粉擦在眉心之间，故有"额黄"之称，是古代流行的一种妆容。

◇译文

那位女子要出嫁了，她画了寿阳公主的梅花妆，画了八字眉并贴了额黄，甚为美艳动人。见到我的时候还假装害羞，并频频顾影自怜，却不知道自己将要嫁的人是一个无所事事的狎客呢！

到秋

扇风淅沥簟流离[1]，万里南云[2]滞所思。

守到清秋还寂寞，叶丹苔碧闭门时。

◇注释

[1] 流离：形容竹席光滑的样子。

[2] 南云：南方的云，指代南方。

◇译文

虽然已经是秋日了，但我仍睡着竹席，摇着蒲扇呼呼作响，我分外想念北方的天，却被滞留在这遥远的南方。就算我等到清凉的秋天了，还是要寂寞地守在这里，转眼间枫叶变成了红色，青苔变成了深绿色，而我在这里，只能关上门独自惆怅。

悼伤后赴东蜀辟至散关遇雪

剑外 [1] 从军远，无家与寄衣。

散关三尺雪，回梦旧鸳机 [2]。

◇注释

[1] 剑外：剑阁外。

[2] 鸳机：织锦缎用的工具。

◇译文

　　我就要到剑阁外去任职，路途非常遥远，却再也没有人能给我寄冬天的衣服了。大散关白雪皑皑足有三尺那么厚，梦回过往，那时你还在用织锦的机器为我做衣服。

登乐游原

向晚意不适^[1]，驱车登古原。

夕阳无限好，只是近黄昏。

◇**注释**

[1] 意不适：感觉不快。

◇**译文**

傍晚时分感觉不是很愉快，我便驾着车马登上那乐游原。原上的夕阳非常美好，只是已然快要黄昏了啊。

登霍山驿楼

庙列前峰迥 [1]，楼开四望穷。

岭𪖈 [2] 岚色外，陂雁夕阳中。

弱柳千条露，衰荷一向风。

壶关有狂孽，速继老生 [3] 功。

◇注释

　[1] 迥：远，此处形容山峰高远。

　[2] 𪖈：一种老鼠，此处比喻像老鼠的头一样的山岭。

　[3] 老生：指隋朝名将宋老生，曾经驻守霍邑与李渊对峙。

◇译文

　　岳庙门前的高峰耸立，站在高高的驿楼上，四面一望无际。遥远的山头好似鼠头，在一片晴好阳光的照耀下若隐若现，还能看到一行大雁在夕阳下慢慢飞过。那柳条在风中微弱地摆动，似乎是因为沾着露水而太过沉重，一阵风吹过，衰败的荷花东倒西歪。那壶关外面还有狂傲的叛徒，由此想到隋朝时期宋老生的功绩，希望能继承他的神威来消灭叛军。

代越公房妓嘲徐公主 [1]

笑啼俱不敢，几欲是吞声。

遽遣离琴怨，都由半镜明。

应防啼与笑，微露浅深情。

◇注释

　　[1] 徐公主：南北朝时期陈朝太子舍人徐德言的妻子，又是后主陈叔宝的妹妹，故称徐公主。

◇译文

　　那位公主不管是大笑还是啼哭都不敢发出声音，几乎都要把这声音吞进肚子。想要离开又怕新旧官员都不满意，其中的哀怨只有那半面镜子最明了。我劝公主最好谨防在外人面前露出哭或者笑的表情，一些心意只要微微表露，不要明示就好。

房君珊瑚散

不见妲娥影，清秋守月轮。

月中闲[1]杵臼，桂子[2]捣成尘。

◇注释

[1] 闲：随意。

[2] 桂子：此处指月中桂树结成的种子。

◇译文

今日眼睛生翳，看不见月中那嫦娥的影子，但她依然守着那轮圆月，甚是寂寥。在月宫中她随意地摆弄着玉兔捣药用的杵臼，把桂树上结的桂子捣碎，制作成治眼睛的仙药。

访秋

酒薄吹还醒，楼危望已穷。

江皋[1]当落日，帆席见归风。

烟带龙潭白，霞分鸟道[2]红。

殷勤报秋意，只是有丹枫。

◇**注释**

[1] 江皋：靠近江边的高地。

[2] 鸟道：只有鸟能通过的山地，形容地势陡峭。

◇**译文**

凉风一吹，酒瞬间醒了，站在高楼上远眺，可以看到天边。江边太阳即将落下，那帆船被西风吹满风帆，即将归来。暮色的雾霭笼罩着龙潭，呈现一片白色，晚霞把那狭窄的山道照耀得分外红。殷勤报秋意，是那红色的枫树叶。

富平少侯

七国三边未到忧，十三身袭富平侯[1]。

不收金弹抛林外，却惜银床[2]在井头。

彩树[3]转灯珠错落，绣檀回枕玉雕锼。

当关不报侵晨客，新得佳人字莫愁。

◇注释

[1] 富平侯：西汉汉昭帝时期张安世被封为富平侯，本文提到的少侯是他的孙子张放，其十三岁时便承袭了富平侯这一爵位。

[2] 银床：架在井上的辘轳架，银制而成。

[3] 彩树：装饰华丽的灯柱。

◇译文

张放少年时期就继承了富平侯爵，不管是内忧还是外患他都没有丝毫忧愁。他不怜惜掉落在林子外面的金色弹子，却怜惜那装在井上的银质辘轳架。

烛火像珠子一样在华丽的灯柱上熠熠生辉，雕刻精美的檀木枕头好像玉石一样温润。早晨的时候，守门人不敢通报，怕打扰少侯晨睡，原来是这位少侯新得了一位美人名叫莫愁。

风雨

凄凉宝剑篇^[1]，羁泊^[2]欲穷年。

黄叶仍风雨，青楼^[3]自管弦。

新知遭薄俗，旧好隔良缘。

心断新丰酒，销愁斗几千。

◇注释

　　[1] 宝剑篇：唐初诗人郭震所作诗文，据说他曾在被武则天召见时呈上这篇诗

文，随后得到了重用。

　　[2] 羁泊：羁旅漂泊。

　　[3] 青楼：此处代指大富大贵的人家。

◇译文

　　我也胸怀大志，有像《宝剑篇》这样的诗文，怎奈遇不到慧眼识珠的明主，

已然漂泊在外许多年，白白消耗大好年华。枯黄的叶子遭到风雨的打击，而

那富贵人家的阁楼里依然传来奏乐舞曲。新朋友遭到世俗的非议，而旧日知己却因隔着千山万水不能相见。想要断绝这些烦恼，借那新丰美酒来浇灭吧。

关门[1]柳

永定河边一行柳，依依长发故年春。

东来西去人情薄，不为清阴减路尘。

◇注释

[1] 关门：此处的关指的是潼关。

◇译文

永定河边种着一排柳树，每年春天都会发出新的枝条。我每年都往返于洛阳和长安之间，已经看惯了人情淡薄，柳树每年都发出新枝条为路人遮蔽太阳，但路上的扬尘却不会为此减少。

桂林

城窄山将压，江宽地共浮。

东南通绝域[1]，西北有高楼。

神护青枫岸，龙移白石湫。

殊乡竟何祷[2]，箫鼓不曾休。

◇注释

[1] 绝域：形容特别远的地方。

[2] 祷：祝祷，请求。

◇译文

桂林城窄窄的，好像周围的山随时都要压下来一样，而那江面又宽阔得好像跟地面浮在一起似的。城的东南面似乎通向很远的地方，而城的西北面又有很高的楼阁。有神灵护佑着两岸的青枫，白石潭里藏着蛟龙。不知道在这样的地方他们祝祷着什么，那箫鼓演奏的声音竟然没有停止过。

宫妓

珠箔[1]轻明拂玉墀，披香新殿斗腰支。

不须看尽鱼龙戏[2]，终遣君王怒偃师[3]。

◇**注释**

[1] 珠箔：用珍珠点缀的帘幕。

[2] 鱼龙戏：代指杂耍类节目。

[3] 偃师：代指古代的能工巧匠。

◇**译文**

那缀以珍珠的帘幕轻轻拂过白玉的台阶，遮挡着的是那披香殿内为博君王一笑而扭动的腰肢。我也不用在这儿把你们这场争奇斗艳的戏码看到最后，终有一日君王会迁怒于你们这些跳梁小丑的。

宫词

君恩如水向东流，得宠忧移失宠愁。

莫向樽前奏花落^[1]，凉风只在殿西头。

◇注释

[1] 花落：指的是《梅花落》，出自汉乐府。

◇译文

君王的恩宠就好像那流水一般不停流动，得宠的时候担心这份宠爱会转移到别人身上，失宠的时候就更加忧愁了。不要到君王的宴席上演奏《梅花落》，不久那些失宠的宫女们就会像花儿那样被吹落在荒芜的大殿西面。

公子

外戚封侯自有恩，平明通籍九华门[1]。

金唐公主年应小，二十君王未许婚。

◇注释

[1] 通籍：将名字记录在城门的籍簿上，可自由出入城门。九华门：此处代指唐代宫殿外面的城门。

◇译文

那受封侯爵的皇亲国戚有皇家的恩典，早晨的时候从九华门处自由入宫。

那小公主应该是年龄尚小，所以君王暂时没有给她许配婚姻。

韩翃 [1] 舍人即事

萱草含丹粉，荷花抱绿房 [2]。

鸟应悲蜀帝，蝉是怨齐王。

通内 [3] 藏珠府，应官 [4] 解玉坊。

桥南荀令 [5] 过，十里送衣香。

◇注释

[1] 韩翃（hóng）：字君平，南阳人。天宝十三年进士，官至中书舍人。

[2] 绿房：莲子。

[3] 通内：通往内府。

[4] 应官：当官。

[5] 荀令：指三国时期的荀彧，曾为尚书令，故称为荀令。

◇译文

萱草已含带红花，荷花也正开得旺盛，花心里拥抱着那绿色的莲子。最悲情的莫过蜀帝杜宇化成的杜鹃，而蝉应该怨恨的是齐王的见异思迁。要想通达宫禁就得搜藏宝珠于府中，要做官就需去作坊琢玉。只见他从桥南上过，衣上的香气飘过十里开外，可与三国时期的荀令君相比了。

淮阳路

荒村倚废营^[1]，投宿旅魂惊。

断雁高仍急，寒溪晓更清。

昔年尝聚盗^[2]，此日颇分兵。

猜贰^[3]谁先致，三朝事始平。

◇注释

　[1]废营：淮西藩镇吴少诚等人占据陈蔡时修筑的营垒。

　[2]聚盗：相继发动淮西叛乱的逆臣。

　[3]猜贰：猜忌。

◇译文

　　这荒芜的村落背靠着废弃的营垒，兵荒马乱间投宿旅店，惊心不已。离散队伍的大雁飞得又高又快，溪水早晨时看起来更加清澈。这里往年经常被叛乱骚扰，这时候却因为猜忌互相怀疑而分了兵。究竟是谁的猜忌导致叛乱，历经三朝才得以平定。

浑河中

九庙无尘^[1]八马回，奉天^[2]城垒长春苔。

咸阳原^[3]上英雄骨，半向君家养马来。

◇注释

[1] 九庙无尘：九庙指的是唐朝历代帝王的宗庙，无尘意为没有尘土的污染。

[2] 奉天：指今天陕西乾县。

[3] 咸阳原：指当时长安京畿一带。

◇译文

唐朝历代帝王的宗庙完好，乱事平定，车驾也已经返回，奉天城里的战垒如今已长满青苔。咸阳原上那些牺牲的英雄白骨，多半曾经在浑瑊的家中养过马。

和张秀才落花有感

晴暖感余芳，红苞杂绛房[1]。

落时犹自舞，扫后更闻香。

梦罢收罗荐[2]，仙归敕玉箱。

回肠九回后[3]，犹有剩回肠。

◇注释

[1] 绛房：已经盛开的深红色花房。

[2] 罗荐：垫子。

[3] 回肠九回后：典出司马迁《报任安书》："是以肠一日而九回，居则忽忽若有所亡，出则不知所如往。每念斯耻，汗未尝不发背沾衣也。"形容心情焦虑的样子。

◇译文

春日的温暖让这些未开放的花朵有所感应，红色的花苞间杂在深红的花朵中。花在凋零的时候还独自起舞，将这些落红扫在一起，散发出更香的余味。我把落花收到席垫上，装入玉制的箱子，就像一缕仙魂归去。我那因落红产生的忧愁在肠间回荡了一圈又一圈后，依然剩有余愁。

海客 [1]

海客乘槎上紫氛，星娥 [2] 罢织一相闻。

只应不惮牵牛妒，聊用支机石 [3] 赠君。

◇注释

[1] 海客：代指桂管观察史郑亚。

[2] 星娥：织女，此处代指作者。

[3] 支机石：原是槠机石，此处比喻作者自己的才华。

◇译文

那远洋航行的客商乘着木筏航行在银河上，织女停下手中的织布机与他相见。她因为不怕牛郎嫉妒，把手中的织机石赠送给了那位客商。

海上谣

桂水[1]寒于江，玉兔秋冷咽。

海底觅仙人，香桃如瘦骨。

紫鸾不肯舞，满翅蓬山雪。

借得龙堂宽，晓出揲[2]云发。

刘郎旧香炷，立见茂陵树。

云孙[3]帖帖卧秋烟，上元细字如蚕眠。

◇注释

　[1] 桂水：指现在的南海。

　[2] 揲：梳理。

　[3] 云孙：隔代很远的子孙。

◇译文

桂海比长江水还要寒冷，玉兔在秋日的月宫里哽咽哭泣。去到海底寻觅仙人，却只发现那香桃枯瘦如柴。紫色的大鸟不愿意翩翩起舞，整个翅膀上都是蓬山落下的雪。只有借那宽阔的龙宫，早晨整理云鬓，准备出发。汉武帝刘彻旧日求仙的香火还在，但他长眠的茂陵上大树已经郁郁葱葱。他的后代子孙服服帖帖地长眠于秋烟茫茫的荒野，但上元夫人所授真经上的字却好像蚕眠一样让人无解。

海上

石桥[1]东望海连天，徐福空来不得仙。

直遣麻姑与搔背，可能[2]留命待桑田。

◇注释

[1] 石桥：传说是秦始皇修筑用来跨海看日出的。

[2] 可能：怎么能。

◇译文

　　站在这石桥上向东眺望，那海与天相连接，徐福白白地来这大海上却没有寻到仙人。就算能让麻姑给你搔背上的痒，又怎么能留着性命等到那沧海变成桑田。

花下醉

寻芳不觉醉流霞 [1]，倚树沉眠日已斜。

客散酒醒深夜后，更持红烛赏残花。

◇注释

[1] 流霞：传说中仙人饮用的一种美酒。

◇译文

　　寻找那散发醉人香气的花朵时不觉沉醉于美酒之中，倚靠着大树沉沉睡去，醒来时太阳已经偏西。等到客人纷纷散去，酒醒后已经是深夜了，这时候，我还能拿着那火烛欣赏凋零的花朵。

华州周大夫宴席

郡斋[1]何用酒如泉，饮德[2]先时已醉眠。

若共门人推礼分，戴崇争得及彭宣[3]？

◇注释

[1] 郡斋：郡守的府邸。

[2] 饮德：享受这样的恩德。

[3] 戴崇、彭宣：二人都是西汉成帝时期丞相张禹的弟子，但因为戴崇聪慧，而彭宣则为人恭俭有法度，所以张禹偏爱戴崇。

◇译文

郡守的府邸中大摆宴席，酒水如同泉水一样无限供应，还没有享受这样的恩德时就已经先醉得睡过去了。此时来参加宴会的都是郡守的门生，我又怎么能比得上他们呢？

华师

孤鹤不睡云无心，衲衣筇杖^[1]来西林。

院门昼锁回廊静，秋日当阶柿叶阴。

◇注释

[1] 衲衣：僧人穿的衣服。筇（qióng）杖：竹子做的手杖。

◇译文

　　孤独的鹤不愿入眠，天边的云朵也漫不经心地飘来飘去，一位大师身披袈裟、手持竹杖，来到了西林寺。僧院的大门白天紧锁，回廊里静悄悄的，秋日的台阶上被柿子树的阴影覆盖，一切都安静如初。

寄永道士

共上云山^[1]独下迟，阳台^[2]白道细如丝。

君今并倚三珠树，不记人间落叶时。

◇注释

[1] 云山：指玉阳山，诗人早年学道于此。

[2] 阳台：传说是道士清修的场所，号阳台宫。

◇译文

早年我们一起在玉阳山上清修，唯独你迟迟不肯下山，那阳台宫的山路在雾气中好像丝线一般。你今天背靠大树好清修，却记不起人世间落叶的样子了。

寄裴衡

别地萧条极，如何更独来？

秋应为黄叶，雨不厌青苔。

沈约只能瘦 [1]，潘仁岂是才 [2]？

离情堪底寄，惟有冷于灰。

◇注释

　　[1] 沈约只能瘦：典出自《南史·沈约传》，沈约想告老还乡，便借自己老病的由头说自己每月腰围都在缩小。后常用来形容因相思而引起的病瘦。

　　[2] 潘仁岂是才：潘仁，即潘岳，字安仁。《晋书》记载，潘岳年少时以才气著称于世。

◇译文

　　之前与你分别的地方特别萧条，这次独自来怎么觉得更加萧条了？这秋日里树叶纷纷变黄凋零，秋雨打在长满青苔的石阶上。如今我因想念你，像沈约那样消瘦了，又如何能说自己的才能比得上潘岳？这离别的愁绪我又怎能寄给你，只是觉得这心比灰烬还冷就是了。

寄令狐郎中

嵩云秦树久离居，双鲤[1]迢迢一纸书。

休问梁园[2]旧宾客，茂陵秋雨病相如。

◇注释

[1] 双鲤：据说古人的尺书为鲤鱼形状，故用鲤鱼来指代书信。

[2] 梁园：指西汉时期梁孝王刘武在自己的封地睢阳所修建的一座园林，称东苑，后人称之为梁园。

◇译文

你我好像那嵩山的云和秦岭的树，长久分离，迢迢千里的路只能靠书信来缩短距离。不要问我这个梁园的旧客生活如何，如今我已经是那忍受茂陵秋日细雨的病恹恹的司马相如了。

寄成都高苗二从事

红莲幕[1]下紫梨新，命断湘南病渴[2]人。

今日问君能寄否，二江风水接天津[3]。

◇注释

　　[1] 莲幕：即幕府。

　　[2] 病渴：患上了消渴疾。

　　[3] 天津：代指银河。

◇译文

　　幕府中的紫梨树都结了果实，而我在这遥远的桂林却患上了消渴疾。今天再问问你能不能帮我把信寄出去，这内、外两江的水刚好接上那天边的银河。

贾生

宣室[1]求贤访逐臣，贾生才调更无伦。

可怜[2]夜半虚前席，不问苍生问鬼神。

◇注释

　[1] 宣室：汉代未央宫前殿的一间宫室。

　[2] 可怜：可叹。

◇译文

　汉文帝求贤若渴，特意在未央宫前殿召见被放逐的大臣，贾谊的才情是无可比拟的。令人可叹的是，汉文帝特意做出态度很好的样子，追着贾谊问了半夜，所询问不是关于天下百姓的事儿，却是关于鬼神的。

街西池馆

白阁[1]他年别，朱门此夜过。

疏帘留月魄，珍簟接烟波。

太守三刀梦，将军一箭歌。

国租容客旅，香熟玉山禾[2]。

◇注释

[1] 白阁：指楼阁。

[2] 玉山禾：昆仑山上所产的一种木禾，传说这种木禾"长五寻，大五围"。玉山即琼山，也就是昆仑山。

◇译文

旧年辞别白阁，今夜留宿在这富贵之地。那稀疏的帘幕影影绰绰的是月亮的影子，而华丽的席子与池水相邻。我也曾经做过那三刀就拿下益州的梦，还希望也能像那位将军一样一箭就夺下辽城，为众人歌颂。而今靠着做官的收入供旅客食用，恰好此刻，那琼山上的木禾成熟，有香味飘来。

槿花

风露凄凄秋景繁，可怜荣落在朝昏。

未央宫[1]里三千女，但保红颜莫保恩。

◇注释

[1] 未央宫：汉朝的宫殿名称，此处代指唐朝宫室。

◇译文

秋日里的木槿花开得旺盛，却逃不脱风霜的摧残，其繁盛和凋零就在一天之内。你看那宫殿里的几千宫女，虽然有天生美丽的容颜，却也不能保证自己能获得君主的宠爱。

荆门西下

一夕南风一叶危，荆云回望夏云时。

人生岂得轻离别，天意何曾忌崄巇[1]？

骨肉书题安绝徼[2]，蕙兰蹊径失佳期。

洞庭湖阔蛟龙恶，却羡杨朱泣路歧。

◇注释

[1] 崄巇（xiǎn xī）：同"险巇"，险峻崎岖的山路。

[2] 绝徼：边塞地区。

◇译文

　　江上的风浪很大，一叶扁舟在这里飘荡很是危险，从荆州回过头去看夏口时，已经被重重云雾遮挡，看不清楚。人生怎么能轻易离别呢，然而上天却何曾成全？亲人写信说要我在边塞地区安心供职，不要担心家中，我是再难回到那兰花绽开的小路，去享受那美好的日子了。前方便是洞庭湖，甚为开阔，想到那边一定有凶恶的蛟龙，反而突然羡慕那杨朱为歧路而悲戚了。

景阳井

景阳宫井剩堪[1]悲，不尽龙鸾[2]誓死期。

肠断吴王宫外水，浊泥犹得葬西施。

◇注释

[1] 剩堪：甚堪，甚可。

[2] 龙鸾：此处用龙和鸾代指陈后主和张贵妃。

◇译文

景阳宫中的枯井只留下让人悲叹的故事，没有完成陈后主和张贵妃同生死的誓言。而为越王灭吴出过力的西施却葬身于吴王宫外的江水中，那江底污浊的泥埋葬着美丽的西施。

江东

惊鱼拨刺燕翩翾[1]，独自江东上钓船。

今日春光太漂荡，谢家轻絮沈郎钱[2]。

◇注释

[1] 拨刺：鱼儿摆尾游动的样子。翩翾（xuān）：轻轻飞行的样子。

[2] 沈郎钱：典出《晋书·食货志》："吴兴沈充铸小钱，谓之沈郎钱。"此处比喻榆钱，汉朝有小钱币名为榆荚钱。

◇译文

鱼儿从水中惊跳起来，燕子在轻轻飞翔，我独自从大江的东岸上了垂钓的船只。今天春日的景色太耀眼，你看那飘扬如雪的柳絮和那小钱币似的榆树果子。

流莺

流莺漂荡复参差，度陌临流不自持 [1]。

巧啭岂能无本意，良辰未必有佳期。

风朝露夜阴晴里，万户千门开闭时。

曾苦伤春不忍听，凤城何处有花枝 [2]。

◇注释

[1] 不自持：不能自控。

[2] 花枝：指流莺栖息的枝头。

◇译文

　　流浪的黄莺总是不停拍打着翅膀漂泊四方，穿过小路，靠近河流而不能控制自己的方向。它婉转的歌喉唱出的歌曲怎么能不包含它的本心，良好的时辰里未必能遇上好的时期。不分白天黑夜或者阴晴，抑或千万家开门或者关门的时候，它都在婉转歌唱。也曾经因为春日的流逝悲伤而不忍听它的歌声，但是不知道这偌大的长安城里哪里有它的栖身之所啊。

凉思

客去波平槛，蝉休露满枝。

永怀[1]当此节，倚立自移时[2]。

北斗兼春[3]远，南陵寓使迟。

天涯占梦数，疑误有新知。

◇注释

[1] 永怀：长久的怀念。

[2] 移时：经过一段时间后。

[3] 兼春：两年。兼，两倍的。

◇译文

　　你离去时春潮上涨，和栏杆齐平，而今这里蝉都不鸣叫了，而露水挂满了树枝。每当这个时节，我便久久怀念起那段时光，而今重新倚靠在这栏杆上时，格外感慨。你住的地方格外遥远，我在南陵这边都嫌送信的信使太慢。隔着天涯，我数次占卜梦境，但总也见不到你，怀疑你新交了朋友而把我这个老友忘记了。

龙池

龙池赐酒敞云屏^[1]，羯鼓声高^[2]众乐停。

夜半宴归宫漏永，薛王沉醉寿王醒。

◇注释

[1] 云屏：云母石材质做的屏风。

[2] 羯鼓声高：这里有形容唐玄宗情绪高涨之意。羯鼓，一种用公羊皮制作的鼓，其中间鼓腰较细。

◇译文

唐玄宗在龙池召开家宴，那云屏半敞，玄宗把酒赐给屏风后的妃嫔们，羯鼓声音逐渐高亢，盖过了其他乐器的声音，皇帝的情绪也逐渐高涨。到深夜宴会结束后，各亲王回到自己的居所，薛王沉沉地睡去了，但寿王尚且清醒，愁绪萦绕在他的心头。

泪

永巷[1]长年怨绮罗，离情终日思风波。

湘江竹上痕[2]无限，岘首碑前洒几多。

人去紫台秋入塞，兵残楚帐夜闻歌。

朝来灞水桥边问，未抵青袍[3]送玉珂。

◇注释

[1] 永巷：汉朝时期用来幽闭不受宠的妃子的地方。

[2] 湘江竹上痕：代指舜的两个妃子娥皇、女英。舜死在了南巡的路上，葬于九嶷山。娥皇、女英听后哭瞎了双眼，泪撒在了竹林上形成斑斑痕迹。

[3] 青袍：此处代指失意的寒门士子。

◇译文

被关在永巷的那些妃子，她们长年幽怨的泪水沾湿了身上的绫罗衣袍，母亲惦记着离家远去的游子，担心江上的大风和波涛。湘江边的竹子上永远都沾染着娥皇、女英数不清的泪痕，岘首山的石碑前又有多少人撒下热泪？昭君去匈奴和亲的时候正是秋日，被困垓下大帐中的西楚霸王，夜半时分却听到了凄凉的楚歌。我早晨来到灞桥，看到寒门士子与达官贵人的送别，才发现上述的伤心泪都算不得什么。

乐游原

春梦乱不记，春原登已重。

青门^[1]弄烟柳，紫阁舞云松。

拂砚轻冰散，开樽绿酎^[2]浓。

无惊托诗遣，吟罢更无惊^[3]。

◇注释

[1] 青门：汉代长安城霸城门的别称。

[2] 酎（zhòu）：这里指代酒。

[3] 惊（cóng）：欢乐，乐趣。

◇译文

　　春日里做的梦太混乱了以致我都记不住，于是我重新来到了这乐游原上。霸城门外的柳树枝叶正长得繁茂，那紫阁外面的云松也一如既往地青青如盖。轻轻拂拭那砚台，上面的冰已经消散，打开存放已久的酒坛，酒香分外浓厚。因为没有乐趣才想着作诗来消遣，没想到吟诵完诗后更加无趣。

落花

高阁客竟去，小园花乱飞。

参差[1] 连曲陌，迢递送斜晖。

肠断未忍扫，眼穿仍欲归。

芳心[2] 向春尽，所得是沾衣。

◇注释

[1] 参差：高低、左右不齐的样子，这里指代落花纷飞的样子。

[2] 芳心：落花，同时也指怜花之人的心境。

◇译文

　　那高高的楼阁上，来往的游客已然离去，小园内落花纷飞。那落花参差纷飞，落在弯弯曲曲的小路上，似乎是在送别西下的夕阳。我肝肠寸断，实在不忍心扫去这一地落花，望眼欲穿盼来的春天转眼就要过去。我空有一颗赏花的心，奈何春日结束太早，最终只落得落红沾衣、零落成泥。

漫成三首

其一

不妨何范尽诗家，未解当年重物华 [1]。

远把龙山 [2] 千里雪，将来拟并洛阳花。

◇注释

[1] 物华：景物。

[2] 龙山：据说在云中郡。

◇译文

南朝时期的何逊、范云虽然年纪不同，但并不妨碍他们都成为有名的诗人，轻视他们的人，都是不懂当时看重景物描写的人。南朝时期的鲍照用远在天边的龙山上绵延千里的积雪，来比拟洛阳开得正盛的花朵，是多么高洁啊。

其二

沈约怜何逊，延年[1]毁谢庄。

清新俱有得，名誉底[2]相伤？

◇注释

[1]延年：即颜延之，南朝刘宋时期有名的文人，与谢灵运齐名。

[2]底：为什么。

◇译文

南朝梁的沈约十分怜惜何逊的才华，但是南朝宋的颜延之却对谢庄很是不屑，毁谤他的人品。在作诗方面，各有各的长处，为什么要相互毁谤名誉，相互伤害呢？

其三

雾夕咏芙渠，何郎得意初。

此时谁最赏，沈范两尚书[1]。

◇译文

看到那雾气中的芙蓉，便作诗歌咏之，这正是何逊春风得意时的作品。

要问他此时最欣赏谁，那一定是沈约和范云两位尚书了。

明神 [1]

明神司过岂令冤，暗室由来有祸门 [2]。

莫为无人欺一物，他时须虑石能言 [3]。

◇注释

[1] 明神：昭明神，神仙中的明察者。

[2] 祸门：意为祸害产生的地方。

[3] 石能言：古人认为神仙附着在石头上，石头就能说话了。

◇译文

那位神仙在纠察人间过失的时候怎么能是非不分、功过不明呢，无人能看到的地方也可以生出祸患。不要以为暗室无人就想一手遮天，终有一天会真相大白，因为石头也会说话。

莫愁

雪中梅下与谁期，梅雪相兼一万枝。

若是石城无艇子，莫愁还自有愁时[1]。

◇注释

[1] 莫愁还自有愁时：典出《乐府》："莫愁在何处，莫愁石城西。艇子打两桨，
催送莫愁来。"

◇译文

梅花在雪中绽开是谁期待的呢，梅花和大雪交相辉映。如果石城没有小船，
莫愁还是会有忧愁时刻啊。

梦泽 [1]

梦泽悲风 [2] 动白茅，楚王葬尽满城娇。

未知歌舞能多少，虚减宫厨为细腰。

◇注释

[1] 梦泽：古时候楚地的大湖，在洞庭湖附近。

[2] 悲风：一说为秋季；一说为春夏之交。

◇译文

秋日的风儿吹拂过梦泽边生长的白茅，楚灵王的荒淫无度葬送了多少娇艳女子。也不知当年有多少给楚王献舞的女子，为了讨好君王，拥有细腰，就减了自己的饮食。

牡丹

锦帏初卷卫夫人[1]，绣被犹堆越鄂君[2]。

垂手乱翻雕玉佩，招腰争舞郁金裙。

石家[3]蜡烛何曾剪，荀令香炉可待熏。

我是梦中传彩笔，欲书花叶寄朝云。

◇注释

[1] 卫夫人：这里指的是春秋战国时期卫灵公的夫人南子。

[2] 越鄂君：春秋战国时期，鄂君子晳泛舟于江上，有一位划桨的越人唱歌表达对他的敬慕之情，而鄂君也举起袖子，用华丽的被子拥住那位越人，表示回应。

[3] 石家：指晋朝时的首富石崇。当时石崇为了炫富，用蜡烛当作柴火燃烧，所以不用剪烛心。

◇译文

那华丽的帘幕刚卷起来，好像美丽动人的卫夫人，而绣被裹住的又像是向鄂君表达爱戴之情的越人。那迎风起舞的模样好像垂下手跳舞的女子，鸣鸾玉佩跟着她上下翻飞，垂下头的样子又好像弯下腰起舞，金边的裙子也随之起舞。这牡丹就好像石崇家的蜡烛，哪里需要什么修剪？其香味又像荀令君自然身香，不用再熏香了。我是那梦中得到彩笔的江淹，想把诗句写在花的叶子上，寄给巫山神女。

南朝

玄武湖中玉漏催，鸡鸣埭口绣襦[1] 回。

谁言琼树朝朝见，不及金莲步步来。

敌国军营漂木杮[2]，前朝神庙锁烟煤。

满宫学士皆颜色，江令[3] 当年只费才。

◇注释

　　[1] 绣襦：锦缎做的袄子。此处代指贵妇。

　　[2] 木杮：木屑。

　　[3] 江令：江总，曾先后在南梁、陈和隋朝出仕。

◇译文

　　玄武湖波浪声声，好似那玉漏中滴答流过的时间，不停催促君主上朝，但只见他到了鸡鸣埭口却被一群宫女团团围住，又返回来了。谁说那如同琼树一般美丽的人儿要天天见，还是比不上那一步一朵金莲花的潘妃的到来。

当对岸隋朝造船的木屑顺流而下时，陈朝的宗庙被那重重烟尘锁住了。而陈朝殿堂上的大学士却全是涂脂抹粉的美颜女子，江总当年描绘她们的艳丽姿态也可谓是费尽了才华。

屏风

六曲连环接翠帷 [1]，高楼半夜酒醒时。

掩灯遮雾密如此，雨落月明俱不知。

◇注释

[1] 六曲：六折十二面的屏风。翠帷：翠绿色的帷幔。

◇译文

那六折十二面的屏风甚长，连接着翠绿色的帷幔，夜半时分，在这高高的阁楼上，我从酒醉中醒来。那屏风把屋内的灯光和外面的雾气遮蔽开来，甚是严密，以至于外面是下雨还是明月天都无法知道。

破镜

玉匣清光[1]不复持，菱花[2]散乱月轮亏。

秦台[3]一照山鸡后，便是孤鸾罢舞时。

◇注释

[1] 玉匣：装镜子的匣子。清光：镜子反射的光线。

[2] 菱花：背面有菱花图案的镜子。

[3] 秦台：支撑秦镜的镜台。

◇译文

精致匣子里的镜子破碎后亮光不再，菱花图案散落，镜子碎裂和月缺是一样的遗憾。南方进贡的山鸡照了秦镜之后，就是那孤独的凤鸾停止跳舞、生命终止的时刻。

青陵台

青陵台畔日光斜，万古贞魂[1]倚暮霞。

莫讶[2]韩凭为蛱蝶，等闲飞上别枝花。

◇注释

　　[1] 贞魂：指韩凭妻子的魂魄。

　　[2] 讶：怀疑。

◇译文

　　那青陵台边夕阳西下，日光斜照，仿佛看到了韩凭妻子的魂魄倚着晚霞出现。不要怀疑韩凭也会化作蝴蝶，在闲暇的时候飞上别的枝头，亲吻别的花朵。

曲江

望断^[1]平时翠辇过，空闻子夜鬼悲歌。

金舆不返倾城色，玉殿犹分下苑波。

死忆华亭闻唳鹤^[2]，老忧王室泣铜驼^[3]。

天荒地变心虽折，若比伤春意未多。

◇注释

[1] 断：截断，此处指尽头。

[2] 华亭闻唳鹤：感叹仕途不顺，人生反复。典出《世说新语·尤悔》："陆平原河桥败，为卢志所谮，被诛。临刑叹曰：'欲闻华亭鹤唳，可复得乎？'"

[3] 铜驼：铜铸造的骆驼，用来放置在宫殿门口。

◇译文

再也看不到平日帝王的车辇经过曲江的盛况了，只能在夜里听到那含冤的鬼哭狼嚎。不会再有美丽的嫔妃乘坐着金色的肩舆陪伴着帝王来到这里，只有曲江的流水依然被大殿的宫苑分流。陆机到快要死的时候才想念华亭听鹤鸣声，老去的臣子担忧皇室的未来而在铜制的骆驼下哭泣。沧海桑田这种翻天覆地的变化虽然让人内心饱受摧残，但是比起忧伤春天过去的悲痛，还不算多。

七月二十九日崇让宅宴作

露如微霰[1]下前池，风过回塘万竹悲。

浮世本来多聚散，红蕖何事亦离披？

悠扬归梦惟灯见，濩落[2]生涯独酒知。

岂到白头长只尔[3]？嵩阳松雪有心期。

◇注释

[1] 霰（xiàn）：天空中降落的白色不透明的小颗粒，通常在下雪前或者下雪后出现。

[2] 濩落：此处意为落魄失意。

[3] 只尔：只是这样。

◇译文

秋日的露水就像那微微落下的雪粒，颗颗分明撒在池塘前，风儿吹过池塘，竹林摇曳，我却生出了一些悲伤。这世间本来就有很多悲欢离合，但那池塘里的红莲花瓣为什么散落在了四处？我绵长的归去之梦唯有那盏孤灯见证，潦倒落魄的生活也只有酒才知道。难道说到了老年时就只能这样吗？那嵩山南面松树上的落雪早已和我相互期盼了。

七夕

鸾扇[1]斜分凤幄开，星桥横过鹊飞回。

争[2]将世上无期别，换得年年一度来。

◇注释

[1] 鸾扇：上面绣有凤凰图案的扇子。

[2] 争：怎么。

◇译文

鸾扇分开，织女走出凤幄，架桥的喜鹊也已经飞回去了。若这世界上没有永远的离别多好，至少也能换来一年一度的相会啊。

壬申七夕

已驾七香车[1]，心心待晚霞。

风轻惟响佩，日薄不蔫花。

桂嫩传香远，榆[2]高送影斜。

成都过卜肆，曾妒识灵槎。

◇注释

[1] 七香车：涂满香料的马车。

[2] 榆：白榆星，一种星宿名。

◇译文

听说织女已经驾着涂满香料的车马出发了，满心欢喜地期待着晚霞的降临。风儿轻轻地吹着，唯有玉佩叮当作响，太阳快快下去吧，不要把花朵都晒蔫了。那月中的桂树香气传到很远的地方去了，白榆星高高照着人间，照得一切影子都是斜的。她不想人间知道太多自己的秘密，只是曾经在路过那占卜的铺子时，怨恨识得灵槎的老人多管闲事。

壬申闰秋题赠乌鹊

绕树无依月正高，邺城[1]新泪溅云袍。

几年始得逢秋闰，两度填河莫告劳[2]。

◇注释

[1] 邺城：此处代指作者。

[2] 告劳：哭诉劳苦。

◇译文

月亮正高高挂在天边，那乌鹊绕着树飞了好几圈却没有树枝可以依靠，我这个邺城文士永别的悲伤还未赶走，悼念的新泪又湿衣袍。要隔上好几年才能遇到两次七夕啊，那乌鹊两次充当填河的桥梁，这辛苦却不能诉说。

如有

如有瑶台客，相难复索归。

芭蕉开绿扇，菡萏^[1]荐红衣。

浦^[2]外传光远，烟中结响微。

良宵一寸熖^[3]，回首是重帏。

◇注释

[1] 菡萏：荷花。

[2] 浦：水边或者河流入海的地方。

[3] 熖（yàn）："焰"的误字。

◇译文

　　好像有来自瑶台的仙人，跟我问难了一阵，而后又要回去。只见他摇着芭蕉一样绿色的扇子，一袭红衣好像荷花开在了身上。突然一道亮光从水边发出，一道烟幕升腾而起，又慢慢消失，原来是仙人远去了。这美好的相遇就好像一寸烟火，熄灭以后，只剩我一人坐在这重重帏幔中。

日日

日日春光斗日光，山城斜路杏花香。

几时心绪浑[1]无事，得及游丝[2]百尺长。

◇注释

[1] 浑：全。

[2] 游丝：指虫子在春日吐出的细丝。

◇译文

这春日的光景一天天流逝，仿佛是在与时间赛跑，走在通往山城的斜坡路上闻到了杏花的香味。什么时候才能全然没有烦扰的心情，能得到春日细丝一般百尺长的春思。

四皓^[1]庙

羽翼殊勋弃若遗，皇天有运我无时。

庙前便接山门^[2]路，不长青松长紫芝。

◇注释

[1] 四皓：传说中秦朝末年隐居的四位隐士，有大才，长年隐居于商山，又称商山四皓。后为辅佐太子刘盈而下山。

[2] 山门：庙门。

◇译文

那四位有辅佐之功的大才却被君王弃若敝履，君王江山稳固而我却没有赶上好的时运。庙门前就是一条山门路，奈何没有长出长青的松树却长出了紫色的灵芝。

宿骆氏亭寄怀崔雍崔衮

竹坞[1]无尘水槛清，相思迢递隔重城[2]。

秋阴不散霜飞晚，留得枯荷听雨声。

◇注释

[1] 竹坞：被竹子环绕的地方，此处指骆氏亭。

[2] 重城：长安城。

◇译文

骆氏亭被竹林环绕，刚下过雨，连栏杆都被清洗得干干净净，我的相思经过遥远的路途传向你，却被长安城那重重城墙阻隔在外。深秋时节阴霾挥之不去，就连霜降的时节都来得晚了，只留下这满池枯萎的荷花静静地听着落雨的声音。

失题

幽人^[1]不倦赏，秋暑贵招邀。

竹碧转怅望，池清尤寂寥。

露花终裛^[2]湿，风蝶强娇娆。

此地如携手，兼君不自聊。

◇注释

[1] 幽人：隐居之人，这里指作者。

[2] 裛（yì）：打湿。

◇译文

　　隐居之人从来不会厌倦游园观赏，秋天天气炎热的时候贵在有人相邀游玩。我在竹林里辗转，只觉得怅然若失，看着那一池清泉尤其觉得寂寥。终究还是被花瓣上的露水沾湿了衣服，蝴蝶在风中虽然妩媚却勉强翻飞。就算有朋友一同游览此地，我依然无法排遣这种烦闷的心情。

十一月中旬至扶风界见梅花

匝路亭亭艳，非时褭褭[1]香。

素娥惟与月，青女[2]不饶霜。

赠远[3]虚盈手，伤离适断肠。

为谁成早秀？不待作年芳。

◇**注释**

[1] 褭（yǐ）褭：香气浓厚的样子。

[2] 青女：神话传说中主管霜雪的女神。

[3] 赠远：赠给远方的亲朋。

◇**译文**

那亭亭而立的梅花开满了道路两旁，还未到花期，这香气就氤氲扑鼻。嫦娥常年与月色相处，冰冷清净而不近人情，青女更是冷若冰霜。手中空握一枝梅花，想寄给远方的亲朋，却不知寄往何方，正要与梅花分离，却遇上了我肝肠寸断的时候。梅花是为了谁才这么早开花，不等到春日才开放，而成为旧年的花朵呢？

石榴

榴枝婀娜榴实繁，榴膜轻明榴子鲜。

可羡[1]瑶池碧桃树，碧桃红颇一千年。

◇注释

[1] 可羡：哪需羡慕。可，岂。

◇译文

　　那棵石榴树婀娜多姿迎风起舞，果实饱满又繁多，石榴的薄膜十分透明而石榴籽又特别鲜美。何必要羡慕西王母瑶池的那棵碧桃树，等到那上面的桃子红透可是需要一千多年的。

隋宫

紫泉[1]宫殿锁烟霞，欲取芜城[2]作帝家。

玉玺不缘归日角，锦帆应是到天涯。

于今腐草无萤火[3]，终古垂杨有暮鸦。

地下若逢陈后主，岂宜重问后庭花？

◇注释

[1] 紫泉：此处代指隋朝都城长安的宫殿。

[2] 芜城：指隋代的江都，今天的扬州。

[3] 腐草无萤火：古人认为腐烂的草能变为萤火虫，故有"腐草为萤"的说法。

◇译文

曾经闻名的隋朝宫殿如今被烟雾和晚霞笼罩，隋炀帝却想要把江都作为帝都。如果不是天命所归，李渊也不会获得那块玉玺，而隋炀帝那豪华的大船也会一直航行到天涯海角。如今那腐烂的草木中早已没有了萤火虫的踪迹，隋堤上的杨柳枝头落满了晚归的乌鸦。想那隋炀帝若是在地下遇到了陈后主，怎么敢重提那《玉树后庭花》？

霜月

初闻征雁^[1]已无蝉，百尺楼台水接天。
青女素娥^[2]俱耐冷，月中霜里斗婵娟。

◇注释

　　[1] 征雁：大雁，指大雁在春、冬时节的迁徙。

　　[2] 青女：传说中掌管霜雪的神女。素娥：嫦娥。

◇译文

　　刚听到大雁南归的声音，那蝉鸣便销声匿迹了，我登上高台远望，只见那水与天相接。青女和嫦娥都比较耐寒，在寒冷的月宫和风霜里要比比谁更冰清玉洁。

涉洛川

通谷阳林^[1]不见人，我来遗恨古时春。

宓妃漫^[2]结无穷恨，不为君王杀灌均。

◇注释

[1] 通谷：在洛阳城外，曹植《洛神赋》有言："经通谷，陵景山。"阳林：地名。

[2] 漫：徒劳，白白地。

◇译文

在通谷、阳林看不到前人的影子，但我深深地明白曹植被诬陷后的那种心情。宓妃徒然生出了无尽的仇恨，却不替曹植去杀死在帝王面前进献谗言的灌均。

蜀桐

玉垒[1]高桐拂玉绳，上含非雾下含冰。

枉教紫凤无栖处，斫作秋琴弹《坏陵》[2]。

◇注释

[1] 玉垒：山名，在四川。

[2] 斫（zhuó）：砍。《坏陵》：《琴操》有言："十二曰坏陵操，伯牙所作。"

◇译文

玉阳山上有一棵高高的梧桐树，可以抚佛玉绳星，树梢耸入云雾中，树根浸着寒冰，白白长这么高大，没有成为凤凰可以栖息的大树，却被砍了制成一张琴，弹着那名为《坏陵》的曲子。

同崔八诣药山访融禅师

共受征南[1]不次恩，报恩惟是有忘言[2]。

岩花涧草西林[3]路，未见高僧且见猿。

◇注释

[1] 征南：指征南将军郑亚。

[2] 忘言：不知用什么语言来表达。

[3] 西林：西林寺，这里指药山融禅师的住址。

◇译文

我与崔八一起受到征南将军的照顾很久了，想要报答他的恩情却不知道怎么表达。走在通往西林寺的路上，山间的花草随风晃动，没有看到那位高僧，只看到了一些猿猴。

潭州

潭州[1]官舍暮楼空，今古无端入望中。

湘泪浅深滋竹色，楚歌重叠怨兰丛。

陶公[2]战舰空滩雨，贾傅承尘破庙风。

目断故园人不至，松醪一醉与谁同。

◇注释

[1] 潭州：唐代湖南观察使的治所所在地。

[2] 陶公：指东晋时期的陶侃，他曾经指挥战舰对抗叛将陈恢，取得胜利。后被封为长沙郡公。

◇译文

我伴着日暮时分的日光，踏上那座已经空了的官府楼阁，眼前的景色让我无缘无故地想起了古今多少事。湘妃深深浅浅的眼泪把那竹子的颜色染成斑斑点点，而屈原的楚歌重复着曲调，只怨那兰花心思容易动摇。落雨的滩涂上曾经停留过陶侃平叛时留下的战舰，而破旧的贾太傅庙承受着红尘俗世的烈风，呜呜作响。我目光所及的尽头，看不到故人前来赴约，我特意准备了潭州特产松醪酒，谁能与我一醉方休呢。

题鹅

眠沙卧水自成群，曲岸残阳极浦云。

那解将心怜孔翠[1]，羁雌长共故雄分。

◇注释

[1] 孔翠：孔雀。

◇译文

　　大鹅们在水上浮着睡觉，还有的成群在沙滩上撒欢，西下的夕阳照在弯弯曲曲的江岸上，远处的山巅已经被浮云遮蔽。对比之下更可怜孔雀，失去伴侣的雌孔雀一下就能分辨出来。

题郑大有隐居

结构何峰是，喧闲此地分。

石梁高泻月，樵路细侵云。

偃卧蛟螭室，希夷[1]鸟兽群。

近知西岭[2]上，玉管有时闻。

◇**注释**

[1] 希夷：本意是虚静玄妙的世界。此处代指寂静的时光。

[2] 西岭：周朝时期王子乔驾鹤的地方，即缑氏山。

◇**译文**

郑大有隐居的地方在哪座高峰呢，就是在这远离喧闹而清净自在的地方。月光从高高的山梁上倾泻而下，那打柴的山路蜿蜒而上，仿佛通往云端。安逸地仰卧山间，与蛟龙同处，在这虚静玄妙的地方，有鸟兽作陪。能听到箫管之声想是离王子乔的西岭不远了。

题小松

怜君孤秀植庭中，细叶轻阴[1]满座风。

桃李盛时虽寂寞，雪霜多后始青葱。

一年几变枯荣事，百尺方资[2]柱石功。

为谢西园[3]车马客，定悲摇落尽成空。

◇注释

[1] 轻阴：指松树下的树荫。

[2] 方资：正好可以拿来用。

[3] 西园：泛指园林。

◇译文

　　我怜爱的是园林中独自秀美的小松树，细细的叶子遮蔽太阳，带来阵阵凉风。当桃树和李树绽放花朵时，这小松树虽然显得有些落寞，但当一场霜雪过后它就开始郁郁葱葱了。小松树在一年之间有多次变化，长到百尺之后正好可以拿来当作栋梁之材。替我跟要去欣赏园林的那些游客说只剩下小松树，他们一定会哀伤园林里的花朵都凋谢了，一切都成了空。

题僧壁

舍生求道有前踪，乞脑剜身结愿重。

大去便应欺粟颗，小来兼可隐针锋。

蚌胎未满思新桂[1]，琥珀初成忆旧松。

若信贝多[2] 真实语，三生同听一楼钟[3]。

◇**注释**

[1] 新桂：此处代指月亮。

[2] 贝多：一种树名，传说当时用这种树上的树叶来书写佛经。此处代指佛经。

[3] 同听一楼钟：此处是指作者听佛经有所领悟的意思。

◇**译文**

舍弃生命以追求大道，是有前人的事迹可循的，有为了追求真正的大道而把自己的生命施舍给人的。至大之物可以藏在小小的一粒粟中，至小之物

也可以隐藏在针锋之尖。珍珠还未在蚌胎中形成，便开始想念新月，琥珀凝

结成了以后，又开始怀念老去的松树。如果相信佛经上所言都是真实存在的话，

那么这三生便可顿悟了。

晚晴

深居俯夹城[1]，春去夏犹清。

天意怜幽草，人间重晚晴。

并添高阁迥，微注[2]小窗明。

越鸟巢干后，归飞体更轻。

◇注释

[1] 夹城：外城里面的小城。

[2] 微注：这里形容夕阳落下时的微弱柔和的斜晖。注，照射。

◇译文

我独自居住在这小城里，俯瞰那夹城，春日虽然已经过去，但夏日还是很清爽。大概是老天都在怜惜那生长在幽静处的小草，人世间也看重这傍晚的晴天。站在高楼上远眺，只看到那夕阳斜照，温暖的光芒洒进小窗里，一片明亮。而这些南方鸟儿的巢穴也干了，它们的体态看上去也更加轻盈。

闻歌

敛笑凝眸意欲歌，高云不动碧嵯峨。

铜台罢望归何处，玉辇忘还事几多？

青冢 [1] 路边南雁尽，细腰宫 [2] 里北人过。

此声肠断非今日，香烬 [3] 灯光奈尔何！

◇注释

　　[1] 青冢：原是王昭君墓，传说当时塞外白茫茫一片，只有王昭君墓上草木
青青，故有青冢之说。

　　[2] 细腰宫：代指楚王宫，是楚国在巫山一带的离宫，当地老百姓称为细腰宫。

　　[3] 烬（xiè）：蜡烛燃烧后的余烬。

◇译文

　　只见那人收敛起笑容，凝聚了双眼的目光，准备高歌了，这时高空中的
云朵聚集在一起不再移动，仿佛一座座巍峨雄峰。当年在铜雀台歌舞的女子

如今都去了哪里，而那宴会上的歌舞有多美妙，竟然使见到西王母的周穆王忘记回到人间？王昭君的墓前南飞的大雁都已经不见了，而楚王宫里也早就被北来的秦人所占据。那人高歌的断肠曲也并不是今天才创作的，看着那灯光摇曳的残烛只能无奈地叹气啊！

无题

八岁偷照镜，长眉 [1] 已能画。

十岁去踏青，芙蓉作裙衩。

十二学弹筝，银甲 [2] 不曾卸。

十四藏六亲，悬知 [3] 犹未嫁。

十五泣春风，背面秋千下。

◇注释

[1] 长眉：唐朝时期，女子认为长长的眉毛是一种美，因此争相描摹。

[2] 银甲：银质的假指甲，用来拨弄琵琶等弦类乐器。

[3] 悬知：形容内心不安的样子。

◇译文

　　那个小姑娘八岁的时候偷偷照镜子，已然能画出像样的长眉了。十岁的时候跟随家人踏青，想象着用荷花做自己的衣裙。十二岁的时候开始学弹古筝，拨弦用的银甲从来都没有卸掉过。到了十四岁的时候就被深藏在闺阁中了，知道自己出嫁的事情还没有着落，心里忐忑不安。到了十五岁时，背对着打秋千的女伴，在春风中哭泣，为春天的逝去而忧愁。

无题

相见时难别亦难，东风无力百花残。

春蚕到死丝 [1] 方尽，蜡炬成灰泪始干。

晓镜 [2] 但愁云鬓改，夜吟应觉月光寒。

蓬莱此去无多路，青鸟 [3] 殷勤为探看。

◇注释

[1] 丝：蚕吐出的丝线，这里作者指代自己的思念。

[2] 镜：照镜子。

[3] 青鸟：传说中为西王母获取食物或者传递信息的一种神鸟。

◇译文

　　与你见上一面很难，但是要分别的时候也很难，更何况此时春风渐歇，百花纷纷凋零，烘托得这氛围更加凄苦。春蚕只有到死，才会吐尽它肚中的丝线，蜡烛直到烧成灰烬，流下的泪才会干涸。早晨照镜子的时候发愁两鬓颜色发生了改变，夜里睡不着吟诗的时候又觉得月光都有些寒冷。想那蓬莱山到这边也没有多少里程，却无路可通，青鸟啊，请前去为我殷勤探看一下。

无题

昨夜星辰昨夜风，画楼西畔桂堂东。

身无彩凤双飞翼，心有灵犀[1]一点通。

隔座送钩春酒暖，分曹射覆[2]蜡灯红。

嗟余听鼓应官去，走马兰台[3]类转蓬。

◇注释

[1]灵犀：传说犀牛的角中有白色纹路连接两边，反应灵敏，故称灵犀。此处指两心相通。

[2]射覆：古代一种娱乐活动。把一件东西盖在瓦或者盆下面，让别人猜盖住的是什么物品。

[3]走马：跑马。兰台：唐代对御史台的代称。

昨天晚上的星星在天空闪烁，却有凉风吹过，宴会设在画楼的西面、桂堂的东面。我们虽然不是那彩色的凤凰，不能比翼双飞，心灵却和那灵犀一样是相通的。隔着座位猜钩，你送来春日酿造的酒温暖了我的心，分组猜东西的游戏很是激烈，那蜡烛燃烧的光芒都泛着红。可叹我听到那更鼓声，就应该去上朝啦，飞快地策马奔驰到兰台，就像那随着风儿飘散的蓬蒿一样。

无题

重帏深下莫愁堂，卧后清宵细细长。

神女生涯原是梦，小姑居处本无郎。

风波不信菱枝弱，月露谁教桂叶香。

直道^[1]相思了无益，未妨惆怅是清狂^[2]。

◇注释

[1] 直道：即便。

[2] 清狂：这里形容女子的痴情心态。

◇译文

重重的帷帐把我隔绝在了这莫愁堂里，独自躺在床上，想着前尘往事，只觉得长夜漫漫。那巫山上神女的一生原本就是大梦一场，而清溪小姑的居所本来就没有郎君。风不怜惜树枝柔弱，摧折了许多，而那桂树的叶子没有夜晚露水的滋润也散发出香气。即便知道对你的思念没有什么用处，却不知这相思的惆怅让我一生清狂。

160

为有

为有云屏无限娇[1]，凤城寒尽怕春宵。

无端嫁得金龟婿[2]，辜负香衾事早朝。

◇注释

[1] 娇：此处指屏风后的美人。

[2] 金龟婿：唐代天授年间将官员佩印上的佩鱼改成龟，而三品以上的官员龟饰用金，故称金龟。此处指代有三品以上官员做丈夫。

◇译文

那云母石做的屏风后，有美人无限娇俏，这皇城里的寒气虽然已经没有了，却最怕初春的夜晚。无缘无故地嫁给一个三品官员干吗呢，天不亮就要去上早朝，害得我独守空闺。

谢书

微意何曾有一毫，空携笔砚奉龙韬 [1]。

自蒙半夜传衣 [2] 后，不羡王祥得佩刀。

◇注释

[1] 龙韬：古代兵书上有六韬，分别是文韬、武韬、龙韬、豹韬、虎韬、犬韬。此处指兵法。

[2] 传衣：传递衣钵。

◇译文

对于您的知遇之恩，我没有表达过一丝的感谢，很是惭愧，空拿着这笔墨纸砚想把我的韬略都奉献给您。自从蒙您夜里把写今体文的方法传授给我后，我便不再羡慕王祥有锋利的佩刀了。

夕阳楼

花明柳暗[1]绕天愁,上尽重城[2]更上楼。

欲问孤鸿向何处,不知身世自悠悠。

◇注释

[1] 花明柳暗:这里形容的是九月的景象,菊花绽开特别明亮,而秋季柳树叶子即将枯萎掉落,显得特别黯淡。

[2] 重城:这里指高楼。

◇译文

在这个秋高气爽的时节,菊花开得正盛,柳叶显得分外暗沉,我的忧愁却绕着这个时节打转,登遍高楼又上一层高楼。想要问问那独自飞行的大雁将要往哪里去,却不知它的身世也是一片茫然。

闲游

危亭题竹粉[1]，曲沼嗅荷花。

数日同携酒，平明不在家。

寻幽殊未极，得句总堪夸。

强下西楼去，西楼倚暮霞。

◇注释

[1]危：高。竹粉：这里是竹笋的外壳掉落时附着在竹节上的白色粉末。

◇译文

当年曾在高处的亭子小憩，在旁边的竹子上题字，也曾在曲沼边细嗅荷花。连着几天同好友带着酒外出，平时也经常不待在家中。和他们一起寻找特别幽静的地方，偶尔写得一两句诗，就会被好友夸赞。当西边那处高楼已经倚着傍晚的彩霞时，我们便被迫要从西楼上下去了。

辛未七夕

恐是仙家好别离，故教迢递[1]作佳期。

由来碧落银河畔，可要金风玉露时。

清漏渐移相望久，微云[2]未接过来迟。

岂能无意酬乌鹊，惟与蜘蛛乞巧丝。

◇注释

　　[1] 迢递：形容遥远的样子。

　　[2] 微云：指银河中的云彩。

◇译文

　　怕不是天上的神仙喜欢离别，所以故意叫人们去期盼遥遥无期的相会之日。那天空中的银河从来都是挂满晚霞，何必又要期待那秋风乍起、露水凝结的时刻呢。时光慢慢流逝，银河两岸的爱人相互张望也已经很久了，那接织女过河的云彩迟迟未出现。怎会忘记酬谢帮忙搭桥填河的喜鹊和乌鸦，而只向蜘蛛乞求织精美的丝线呢。

效长吉

长长汉殿眉，窄窄楚宫衣。

镜好鸾空舞，帘疏燕误飞。

君王不可问，昨夜约黄[1]归。

◇注释

　[1] 约黄：古代女性的一种妆发造型，通常是在额处涂黄。

◇译文

　那宫女有着时下最流行的汉式长眉，穿着时下流行的窄袖衣服。但宫室内只有她一人，仿佛那鸾鸟对着镜子独自跳舞，又好像是因为帘幕稀疏而误入大殿的燕子。君王是否宠爱她这件事可以不用问，昨天晚上，从她额上尚且完好的约黄就可以知道了。

杨柳枝二首

其一

暂凭樽酒送无憀[1]，莫损愁眉与细腰。

人世死前惟有别，春风争拟[2]惜长条。

◇注释

[1] 无憀（liáo）：没有依靠。

[2] 争拟：怎拟。

◇译文

就暂时用这杯酒打发这没有人可以依赖的时间吧，不要损害了那因愁苦紧皱的眉头与纤细的腰肢。这世上比死亡更痛苦的只有离别，春风都不怜惜柳条而任由送别之人折断。

167

其二

含烟惹雾每依依 [1]，万绪千条拂落晖。

为报行人休尽折，半留相送半迎归。

◇**注释**

[1] 依依：留恋不舍的样子。

◇**译文**

　　那杨柳枝笼罩在烟雾里，每一根都留恋着你，依依不舍，那柳枝拂过夕阳，千条万条都写着留恋。为了告诉行人不要为离情而把柳条全部折尽，柳条既送别行人，也迎来归客。

寓兴

薄宦仍多病，从知竟远游。

谈谐叨客礼 [1]，休浣接冥搜。

树好频移榻 [2]，云奇不下楼。

岂关无景物，自是有乡愁。

◇注释

[1] 叨客礼：只是用幕宾的礼仪招待而已。

[2] 移榻：躲避太阳要到阴凉里去，称之为移榻。

◇译文

　　本身只是一介小官，还体弱多病，但还是跟着知己去了远方游历。宾客与主人之间交谈得十分和谐，即使这只是以幕宾相待而已。大树郁郁葱葱，想要就着树荫乘凉便只能频繁移动床榻，而那天边的云彩甚是奇特，让我不愿下高楼来。然而我仍郁郁不乐，是这里没有什么好看的景色吗，自然是因为我那难以开解的思乡之情。

樱桃花下

流莺舞蝶两相欺，不取花芳正结时。

他日未开今日谢，嘉辰 [1] 长短是参差。

◇**注释**

　[1] 嘉辰：美好的时光。

◇**译文**

　那飞来飞去的黄莺和舞动的蝴蝶总是嘲笑我，赏花不在花开得正盛的时候。来赏花的时候不是还没有开放就是已经凋谢了，就是赶不上樱花开放的良辰吉日。

异俗二首

其一

鬼疟[1]朝朝避，春寒夜夜添。

未惊雷破柱，不报水齐檐。

虎箭[2]侵肤毒，鱼钩刺骨铦[3]。

鸟言成谍诉[4]，多是恨彤襜。

◇**注释**

[1] 鬼疟：疟疾。

[2] 虎箭：用来射猎老虎的箭，传说其箭镞有毒。

[3] 铦（xiān）：锋利。

[4] 谍诉：一种诉讼文书。

◇**译文**

在这里每天都要想办法躲避疟疾，而春日的夜里寒冷也逐渐增加。已经习惯了这里的惊雷声，故当大雨从屋檐齐齐流下时也不会汇报。那淬毒的箭一旦射中老虎就会令它当即毙命，鱼钩锋利可以刺穿骨头。当地方言如鸟儿说话一样难懂，谍诉多是用方言来揭露当地官员贪污腐败的行为。

其二

户尽悬秦网[1]，家多事越巫。

未曾容獭祭[2]，只是纵猪都。

点对连鳌饵，搜求缚虎符。

贾生兼事鬼，不信有洪炉[3]。

◇注释

[1] 秦网：指渔网，相传桂林一带是秦开发的，故与秦有关的事物都冠以"秦"。

[2] 獭祭：水獭把捕到的鱼摆在水边好像祭祀一样。

[3] 洪炉：大的熔炉，此处指天地间的造化。

◇译文

这里家家户户都悬挂着渔网，而且每家都供奉着巫师。所以不曾容许水獭在水边晒鱼，只是一味纵容山猪。当地百姓点了药饵希望能钓上螃蟹，到处求符咒能束缚猛虎。而来到这里的文人即使像贾谊那样的也会像老百姓一样侍奉鬼神，而不相信天地间的造化。

忆住一师

无事[1] 经年别远公，帝城钟晓忆西峰[2]。

炉烟消尽寒灯晦，童子开门雪满松。

◇注释

　[1] 无事：无端。

　[2] 西峰：这里指庐山。

◇译文

　无端与你分离了很多年，长安城中的晨钟响起，让我不禁回想起在庐山与你相伴的日子。那香炉内紫烟散尽后，灯烛也渐渐晦暗下去，寺中的童子把寺门打开后，大雪已经落满了松树枝头。

忆梅

定定^[1]住天涯，依依向物华^[2]。

寒梅最堪恨，长作去年花。

◇**注释**

[1] 定定：唐朝时的俚语，意为牢牢。

[2] 物华：万物升华的样子。

◇**译文**

我被牢牢地锁在了这遥远的地方，万分舍不得那春日盛景。想来那冬日的梅花是最应该被怨恨的，因为它们在冬日开放，总会被认为是去年开的花朵。

咏史

北湖南埭[1]水漫漫，一片降旗百尺竿。

三百年间同晓梦，钟山[2]何处有龙盘？

◇注释

[1] 北湖南埭：北湖指南京的玄武湖，南埭指鸡鸣埭。

[2] 钟山：即今天的紫金山。

◇译文

玄武湖和鸡鸣埭都已经成了一片汪洋，那投降的旗子挂在百尺高的杆子上，似乎还能看到。这三百年的风云变幻好像大梦一场，在钟山的什么地方有龙盘旋呢？

咏史

历览前贤国与家，成由勤俭破由奢。

何须琥珀方为枕，岂得真珠始是车[1]。

运去不逢青海马[2]，力穷难拔蜀山蛇[3]。

几人曾预南薰曲，终古苍梧[4]哭翠华。

◇注释

[1]真珠车：用珍珠来照亮前后的车。典出《史记·田敬仲完世家》："梁王自夸有十枚径寸之珠，枚可照车前后各十二乘。"

[2]青海马：传说是产自青海之地与龙交配后所生的龙马。此处代指能臣。

[3]蜀山蛇：传说秦曾经献上美女给蜀王，蜀王派人去迎接，结果到梓桐时遇到大蛇，结果这些人不敌，导致山体崩塌，皆化为石块。此处代指奸佞之臣。

[4]苍梧：即传说中埋葬舜的九嶷山。此处代指唐文宗的陵寝。

◇译文

　　遍览前朝，凡是有贤德名声的，他们的成功皆因节俭勤劳，而衰亡则是因为奢靡。何必要琥珀做枕头，何必要镶嵌珍珠的车驾才是好车。去远方却没有遇见过千里马，力量用尽了也拔不动蜀山巨蛇。又有几个人曾经听过舜所吹奏的《南风歌》，终究只有在九嶷山对着郁郁葱葱的树木哭泣的份儿。

咏云

捧月三更断，藏星七夕明。

才闻飘迥路，旋见隔重城。

潭暮随龙起[1]，河[2]秋压雁声。

只应惟宋玉，知是楚神名。

◇注释

[1] 随龙起：形容行云流动的样子。

[2] 河：银河。

◇译文

云彩托着月儿的美景到三更天的时候便没有了，云朵们藏起星星让七夕节那天的天空更加明亮。刚听说云朵随着走远路的行人不断走远，马上又看到山间的云朵隔绝了重重城镇。日暮时分，行云又随着潭水升腾，入秋时节，银河被乌云笼罩，大雁的声音显得格外清亮。这云彩只回应宋玉，因为只有遇到他，才能让世人知道她巫山神女的名声。

幽居冬暮

羽翼摧残日，郊园寂寞时。

晓鸡惊树雪，寒鹜^[1]守冰池。

急景忽云暮，颓年浸已衰。

如何匡国^[2]分，不与夙心期。

◇注释

[1] 鹜：家鸭。

[2] 匡国：辅助国家。

◇译文

这晚冬时节是摧折鸟儿翅膀的时间，也是郊区园林荒废寂寞的时候。早晨啼叫的公鸡被树上掉落的雪惊吓到，而在这寒冬时节，鸭子们苦守一池的寒冰。白天的时间很是短暂，突然一下就到了黄昏时候，我这颓废苍老的身体已经渐渐衰老了。这样如何实现我辅助国家的职分，不能与我一直期盼的愿望相一致。

银河吹笙

怅望银河吹玉笙，楼寒院冷接平明。

重衾[1] 幽梦他年断，别树羁雌昨夜惊。

月榭[2] 故香因雨发，风帘残烛隔霜清。

不须浪作缑山意[3]，湘瑟秦箫自有情。

◇注释

[1] 重衾：两层被褥，此处比喻男女欢会。

[2] 月榭：观赏月色的楼台。

[3] 浪：草率。缑（gōu）山意：缑氏山，据说西王母曾在此修仙。后来多用来形容修仙之地。此处用来形容修仙的意愿。

◇译文

我内心惆怅，望着那天边的银河，吹着笙管，阁楼里充满了寒冷之气，院子里也冷得可怕，天色已经将近黎明了。遥想昔日我们欢好的时候，仿佛一场梦，如今早已找寻不见，昨天晚上栖息在枝头的雌鸟叫了一夜把我从梦中惊醒。而那赏月的楼台旁有一丛花却因这场雨而散发幽香，一帘风吹过，残缺一半的蜡烛倒映着冷清的霜降。不要随便许下修仙的誓言，你看那湘水女神通过鼓瑟传递爱意，而秦国的箫史也通过教弄玉吹箫积累感情，真叫人羡慕不已。

野菊

苦竹园南椒坞边，微香冉冉泪涓涓。

已悲节物^[1]同寒雁，忍委芳心与暮蝉。

细路独来当此夕，清樽相伴省他年^[2]。

紫云^[3]新苑移花处，不取霜栽近御筵。

◇注释

[1] 节物：季节性的事物。

[2] 省他年：回忆旧事。

[3] 紫云：这里指唐代的中书省。

◇译文

从苦竹园一直向南来到椒坞旁边，看到一簇野菊花，散发着微微的幽香，而花朵上又洒着层层露水，好像在不停地流泪。看到这种独自开放的季节性事物就觉得它们和独自迁徙的大雁一样，为它们的孤独感到悲伤，又怎么忍心将自己怜惜花朵的心情托付给傍晚的蝉呢。夕阳已然西下，我在这条蜿蜒曲折的小路上独自徘徊，只有一杯清酒与我相伴，不禁让我回忆起往昔。中书省新开辟的院子里要移栽花木，而这些野菊花却受人轻视，不会让它们靠近宫中筵席。

夜冷

树绕池宽月影多，村砧坞笛隔风萝。

西亭翠被^[1]余香薄，一夜将愁向败荷。

◇注释

[1] 西亭：崇让笔之西亭。翠被：用翡翠羽毛装饰的被子。

◇译文

趁着月色绕着池塘缓缓行走，那池水被月影覆盖了大半，隔了好远，村中传来砧声和风笛的声音。回到西亭，翠被余香甚微，人已久别，让我愁思无限，一夜难眠，只有池中的枯荷与我相似。

夜意

帘垂幕[1] 半卷，枕冷被仍香。

如何为相忆[2]，魂梦过潇湘？

◇注释

[1] 幕：帐幔。

[2] 相忆：此处指妻子怀念作者。

◇译文

窗帘低垂，那床边的帐幔还没有完全卷起来，枕席虽然凉了，但那被衾仍然散发着幽香。为了安抚我的相思之情，你的芳魂居然跨过了潇湘水畔前来找我？

夜雨寄北

君问归期未有期，巴山[1]夜雨涨秋池。

何当共剪西窗烛[2]，却话巴山夜雨时。

◇注释

[1] 巴山：此处代指巴渝地区。

[2] 剪西窗烛：古人会剪掉蜡烛多余的灯芯让灯光更亮。此处用来比喻深厚感情。

◇译文

你问我什么时候回家，我却没有肯定的日期可以告诉你，只能告诉你巴山又下了一夜的雨，那池水已经涨起来了。什么时候能跟你一起在西窗下长久夜谈呢，到时候我就可以告诉你，我对你的思念就像这巴山夜里的雨，绵绵无绝期啊！

月

池上与桥边，难忘复可怜。

帘开最明夜，簟[1]卷已凉天。

流处水花急，吐时云叶[2]鲜。

姮娥无粉黛，只是逞婵娟。

◇注释

[1] 簟：竹子编的凉席。

[2] 云叶：这里指云朵。

◇译文

那桥边池水里的月亮，真的是可爱得让人忘不了。夜晚最亮的时候，把帘子打开，把竹席卷起来，天已经渐渐凉了。月光照在那流水湍急的地方，跳出一个个小水花，那月光流转照得云朵也显得分外有光彩。月宫中的嫦娥常年不施脂粉，都是靠这一缕月光来衬托容颜。

岳阳楼

欲为平生一散愁，洞庭湖上岳阳楼。

可怜万里堪[1]乘兴，枉是蛟龙解覆舟。

◇注释

[1] 堪：可以。

◇译文

想要散一散平时的愁苦，便越过洞庭湖登上岳阳楼。可惜那蛟龙本来应该可以扶摇直上，万里乘风而去，却只是在这里掀覆行舟，白白浪费了一身本领。

越燕二首

其一

上国^[1]社方见，此乡秋不归。

为矜皇后舞^[2]，犹著羽人衣。

拂水斜文乱，衔花片影微。

卢家文杏好，试近莫愁^[3]飞。

◇注释

[1] 上国：这里指长安。

[2] 皇后舞：皇后指西汉成帝时期的皇后赵飞燕，因善舞得以进宫，后专宠于成帝。

[3] 莫愁：指卢家媳妇。出自萧衍《河中水之歌》："洛阳女儿名莫愁……十五嫁为卢家妇……"

在长安的春社日上才见到越燕，为了求取功名，秋天到了都还不想回去。为了在长安有个立足之地到处舞蹈，也曾经披过羽人的衣服妄想成仙。只见它拂过水面，波纹都凌乱了，叼一只花瓣，影子在水面微微颤动。它也知道卢家的杏花开得漂亮，便只靠着那卢家的媳妇莫愁飞行。

其二

将泥红蓼[1]岸，得草绿杨村。

命侣添新意，安巢复旧痕。

去应逢阿母[2]，来莫害皇孙[3]。

记取丹山凤，今为百鸟尊。

◇**注释**

[1] 红蓼：一种草的名字，花多为淡红色。

[2] 阿母：西王母。

[3] 皇孙：这里是作者自称。

◇**译文**

燕子从那开满红蓼的岸边取泥，从那长满绿杨树的村子里取草。呼朋引伴平添了许多新意，循着旧巢安顿着新巢。你还是应酬讨好西王母吧，不要来害皇孙。还记得过去那时候在丹山里的凤凰吗，今日它已经成为百鸟之王了。

早起

风露澹 [1] 清晨，帘间独起人。

莺花啼又笑，毕竟是谁春。

◇注释

[1] 澹：飘荡。

◇译文

早晨晶莹的露水滑落，我这早起的人独自起来卷起珠帘。黄莺啼叫，花儿开放，这与我有什么关系呢，毕竟这是别人的春日啊。

昨夜

不辞鹧鸪^[1]妒年芳，但惜流尘暗烛房。

昨夜西池凉露满，桂花吹断月中香。

◇注释

　[1] 鹧鸪：即杜鹃。

◇译文

　　人不能像杜鹃那样永葆青春，容颜易老是很寻常的事，只可惜那西亭室内很久都无人居住，没人清扫，积了很厚的灰尘。昨天晚上西池风儿甚凉，露水挂满了枝头，一阵风过，桂花从枝头飘落，只是那月儿隐没，不见踪影。

昨日

昨日紫姑[1]神去也，今朝青鸟使来赊[2]。

未容言语还分散，少得团圆足怨嗟。

二八月轮蟾[3]影破，十三弦柱雁行斜。

平明钟后[4]更何事，笑倚墙边梅树花。

◇注释

[1] 紫姑：民间传说中她掌管厕所，古时有正月十五上元节妇女迎厕神的习俗。

[2] 赊：稀少。

[3] 轮蟾：此处代指月亮。古人相信月亮里有蟾蜍。

[4] 平明钟后：早晨敲过钟后。

◇译文

昨日是紫姑女神上天的日子，今天王母娘娘的使者青鸟便要来传递她的消息，只因路途遥远还未到。还没有与她交谈就这样分开了，团圆的次数太少让我一直很怨念。正月十六之后月亮已经开始有所缺损，十三弦的筝曲凄清，大雁排行一字斜行。晨钟响过后还能有什么事儿呢，斯人已去，我也只能笑着倚靠在墙边看那梅花绽放。

正月十五夜闻京有灯恨不得观

月色灯山满帝都，香车宝盖隘通衢。

身闲不睹中兴盛，羞逐乡人赛紫姑。

◇译文

　　月色如水一般流淌在帝都中，花灯好似小山一样满城都是，那装饰一新的车马阻塞了通途大道。适逢我闲居乡野，没有办法一睹这盛世景象，实在惭愧，只得跟随乡里人去围观迎接紫姑的庙会。

正月崇让宅

密锁重关掩绿苔，廊深阁迥此徘徊。

先知风起月含晕，尚自露寒花未开。

蝙拂帘旌[1] 终展转，鼠翻窗网[2] 小惊猜。

背灯独共余香语，不觉犹歌《起夜来》。

◇注释

　　[1] 帘旌：门帘，因为看起来像旌旗，故有此言。

　　[2] 窗网：纱窗。

◇译文

　　那宅子被重重锁住，掩映着绿色的青苔，我在这长廊深处的楼阁里来回不断地走动。看明月后有晕轮，料定明日要起大风，但是夜间的寒露依旧还在，花朵还没盛开。门外蝙蝠来回飞行，不断拍打着门帘，而老鼠啃咬纱窗的声响让人感到一阵惊吓。我背对着烛光坐下，仿佛在与亡妻窃窃私语，不知不觉间低声唱起了《起夜来》。

中元作

绛节[1]飘飖宫国来，中元朝拜上清[2]回。

羊权须得金条脱，温峤终虚玉镜台。

曾省惊眠闻雨过，不知迷路为花[3]开。

有娀[4]未抵瀛洲远，青雀如何鸩鸟媒。

◇注释

[1] 绛节：红色的符节。

[2] 上清：此处指道教寺观上清宫。

[3] 花：此处指作者心仪的女子。

[4] 有娀（sōng）：上古国家的名字。

◇译文

那红色的符节从道宫中飘然而出，原来是去上清宫祭拜的队伍回来了。

我多想像羊权那样也能得到仙女萼绿华赠予的黄金手钏，但最终也只能像温峤那样白白准备了玉镜台作聘礼。曾记得那时被雨声惊醒了迷梦，也不知道是为了哪朵花儿而迷失了我要走的道路。有娀国应该也比不上瀛洲远吧，为何不让青鸟来给我送信，反而派来了讨厌的鸩鸟？

滞雨

滞雨长安夜，残灯独客愁。

故乡云水地 [1]，归梦不宜秋。

◇注释

[1] 云水地：指云水乡，意为风景清净的地方，往往指代隐居之地。

◇译文

连绵的阴雨把我留在了长安这无尽的夜里，我独自坐在烧了一半的灯烛前发愁。我的家乡在那清净优美之处，恐怕我归乡的梦是不适宜这个秋日啊。

赠荷花

世间花叶不相伦，花入金盆叶作尘。

惟有绿荷红菡萏[1]，卷舒开合任天真。

此花此叶常相映，翠减红衰愁杀人。

◇注释

[1] 绿荷红菡萏：绿色的荷叶和红色未开放的荷花。

◇译文

这世间对花朵和叶子的评论并不相称，美丽的花朵被栽种在金盆里而那叶子便只能当作肥料。只有荷花和荷叶相得益彰，荷花有开有合，荷叶有卷有舒，天然率真。荷花与荷叶相映照，当花期一过，绿叶衰败红花凋零的时候，真的是要愁死人了啊。

赠柳

章台从掩映，郢路更参差。

见^[1]说风流报，来当婀娜时。

桥回行欲断，堤远意相随。

忍放花如雪，青楼^[2]扑酒旗。

◇注释

[1] 见：听见，听说。

[2] 青楼：这里指古代歌舞宴饮之地。

◇译文

帝都的柳树相互遮掩映照，而这江陵的柳树更是参差错落。早就听到赞美柳树风度翩然，在我看来，在春风的吹拂下，它们更是姿态婀娜。我正是追随着这一路的柳色来的，眼看着那桥就要阻断了这江边柳树的姿色，绕路来到堤坝上紧紧追随。春柳繁华，怎忍心放出如雪般的柳絮，飞舞在青楼酒旗之间。

赠句芒神

佳期不定春期赊，春物天阏[1] 兴咨嗟。

愿得句芒索[2] 青女，不教容易损年华。

◇注释

    [1] 天阏（è）：夭折。

    [2] 索：求。

◇译文

    春日约会的日期并不稳定，这大好时光就好像是奢求来的一样，春天万物一旦凋零，我就忍不住叹息。希望能得到句芒神的祝福，再求取青女的祝福，这样青春年华便不容易像春日一样凋零了。

赠孙绮新及第

长乐遥听上苑[1]钟，采衣称庆桂香浓。

陆机始拟夸文赋[2]，不觉云间有士龙。

◇注释

[1] 长乐：指汉朝宫殿长乐宫。上苑：指汉朝时期的皇家猎场上林苑。

[2] 文赋：指西晋时期陆机所作的文学理论专著《文赋》。

◇译文

得知你登科后，远远地就听到了长乐宫、上林苑那祝贺的钟声，看到你穿上庆贺的彩衣，桂花也散发出更为香浓的味道。而那陆机在作好《文赋》准备开始夸耀自己的时候，却不想自己的弟弟陆士龙也进士及第。

追代卢家人嘲堂内

道却横波[1]字，人前莫谩[2]羞。

只应同楚水，长短[3]入淮流。

◇注释

[1] 横波：比喻眼波流转，如同水波一样。

[2] 谩：欺骗。

[3] 长短：意为横竖、反正。

◇译文

你的眼睛已经在向人家暗送秋波了，就不要在人前假装自己害羞了。想来你的感情也应该跟楚地的河水一样，反正最后都是要流入淮河的。